Corinne Maiocchi

# FRIED IM KOPF

Amors Pfeile auf Abwegen

AF192059

Books on Demand

Dieses Buch erschien in einer 1. und 2. Auflage 2015 bei
ISLANDBOOKS, Baden.

**Neuausgabe**
© 2016 Corinne Maiocchi

**Herstellung und Verlag**
BoD - Books on Demand, Norderstedt (D)

ISBN 978-3-8423-1915-8

Sämtliche zitierten Gedichte und Gedichtauszüge von
Erich Fried stammen aus dem Buch «Als ich mich nach
Dir verzehrte».
© 1990 Wagenbach Verlag, Berlin

Für Wolfram

# Was es ist

## Teil I

*Es ist, was es ist.* Sagte in meinem Fall schliesslich der Verstand.

Anstelle der Liebe. Welche ich zum Schweigen gebracht hatte. Mit Gewalt. Bis ihr wohlklingendes Lied verstummt. Um den verstimmten Klängen der Angst und ja, nennen wir das Kind ruhig beim Namen, der Feigheit zu weichen.

Meine Güte, ich werde mich hier nicht rechtfertigen. Das ist doch verständlich, menschlich, zutiefst. Was hätte ich denn machen sollen? Alles aufs Spiel setzen? Es geht hier nicht nur um Besitztum. Es geht um Verletzte, die man hinterlassen hätte. Und um mein Lebenswerk und meinen Ruf. Und ja, von mir aus halt, ein bisschen auch um das Haus. Und den Garten. Den Bentley und den Porsche.

Herrgott, ich weiss, meine Frau hätte damit nicht umgehen können. Nie und nimmer. Hätte die Zurückweisung nicht ertragen. Hätte in ihrer Wut stattdessen alle gegen mich aufgebracht: die Kinder, die Familie, die ganze Gemeinde. Man hält nicht viel von Ehebrechern hier. Zumindest nicht von denen, die sich erwischen lassen. Oder die, schlimmer noch, gar ihre Familie verlassen. Man bricht genüsslich den Stab über solch mittelalte Trottel. Welche von der Liebe in fortge-

7

schrittenem Alter noch einmal gestreift und somit zum Narren gemacht.

Ich hatte keine Ambitionen, betreffend Liebe. Lange nicht mehr. Zwanzig Jahre Ehe hatten mich immunisiert, so schien es, gegen diese Naturgewalt. Tatsächlich funktionierten wir tadellos auch ohne sie, meine Frau und ich: Jeder hatte sein eigenes Leben und sein eigenes Zimmer: ich das Geschäft und die Politik und meine Frau das Haus und ihr Tennis. Das Bankkonto und die Kinder hatten wir gemeinsam. Manchmal schaute ich anderen Frauen hinterher, und dabei beschlich mich eine leise Melancholie. Ein schwaches Sehnen nach etwas, was längst Vergangenheit war. Aber ansonsten fehlte es mir an nichts.

Stimmte somit gerne ein in den Chor der Verständnislosen. Wenn wieder jemand ausscherte. Und schüttelte abschätzig den Kopf. Über jene, die Vernunft und Verstand kaltstellten. Und sich für einen Neuanfang entschieden. Familie und Besitz verliessen, um irgendwo in der Stadt in eine Einzimmerwohnung zu ziehen. Jeglichem Status und jeglicher Sicherheit entsagend. Einzig entschädigt mit dem Ausblick auf die Fata Morgana Liebe.

Lebte jahrelang so. Und lebte angenehm. In diesem satten, selbstgefälligen Korsett.

Bis zu jenem Abend.
Ich hatte sie beinahe dreissig Jahre lang nicht gesehen. Und in all den Jahren nicht ein einziges Mal an sie gedacht. Obwohl ich damals hoffnungslos in sie verliebt

gewesen war. Wie alle Jungs unserer Klasse in sie verliebt gewesen waren.

Aber so ist Liebe nun mal in jungen Jahren: akut und unmittelbar an einem Tag, und am nächsten Tag vorbei und verschwunden. Und niemand, der sich darüber wundert oder einem einen Strick draus dreht.

Wir gingen aufs Gymnasium eines ziemlich idyllischen Vororts. Waren alle wohlbehütet. Ausser sie. Auf ihren Armen waren blaue Flecken zu sehen. Immer wieder aufs Neue. Wir munkelten und wussten nichts. Es sei der Stiefvater und die Mutter trinke. Die üblichen Verdächtigungen halt.

Wir Jungs schauten sowieso nicht gern auf die Flecken. Sondern lieber auf ihr Haar und ihren Hintern. Beide zusammen geisterten durch meine Tagträume. Einmal sogar, küsste ich sie nachts im Traum. Sie roch nach Kirschen. Nach diesen gelb-roten, die damals bei uns im Garten wuchsen, und ich direkt ab Baum ass samt Stein. Völlig echt schien dieser Kuss in jener Nacht. Süss wie Kirschen essen. Und lief am nächsten Morgen rot an, als ich sie sah.

Aber sie interessierte sich nicht für mich.
Für keinen von uns.
Brav bebrillte Gymnasiasten, die in der Pause über Homo faber diskutierten und samstags mit ihren Vätern im Cabriolet ausfuhren, waren nicht ihr Ding. Sie las im Unterricht Philippe Djian, Betty Blue, während vor dem Schulhaus tätowierte Typen, lässig auf ihren Motorrädern hockend, auf sie warteten.

Mit ihr hat es kein gutes Ende genommen. Bestimmt nicht, dachte ich.
Wie ich in Gedanken die alte Klasse durchging.
Genugtuung fühlend.
Späte Gehässigkeit eines Unerhörten.
Und ging festen und aufrechten Schrittes Richtung Restaurant.

Es waren beinah alle gekommen. Von denen, die noch lebten. Zwei Krebsfälle, ein Unfall und ein Suizid, das Leben kann grausam schnell zu Ende sein. Die Überlebenden jedoch allesamt glückliche Gewinner. Zumindest heute Abend, die Fassade gründlich poliert und lackiert. Bei einem Klassentreffen lässt sich keiner lumpen. Und prostete mich ebenfalls fidel durch all den Frohsinn und durch die unfroh gealterten Gesichter.

Bis sie plötzlich vor mir stand.
Aus dem Nichts.
Einfach so.
Als wären nicht dreissig Jahre vergangen.

Und mich anlachte. Ich in ihr Gesicht blickte. Auf dem sich Fältchen und Falten frech verteilten. Selbstverständlich und unkaschiert, und die Augen noch immer tiefblau. Konnte nicht aufhören sie anzusehen, anzustarren. Und wieder das gleiche zu fühlen wie damals vor drei Jahrzehnten. Nur heftiger, stärker. Ach du Schande, wie das jetzt klingt; der reine Schmalz und dabei verachte ich Kitsch, vor allem sprachlicher Art.

Konnte es doch selbst nicht glauben.
Dieses Gefühl.

Ein Sturm aus dem Nichts.
Ohne Vorboten.
Das ist verrückt, dachte ich.
Es war verrückt.
Ich war verrückt geworden.
In einer einzigen Sekunde.

Und hatte dabei diesen einen, blödsinnigen Gedanken im Kopf: «Was für eine Megastute.» Ja, das dachte ich wirklich. «Megastute», obwohl ich normalerweise nicht so vulgär zu denken pflege.

Setzten uns beim Essen wie selbstverständlich nebenei-nander. Überliessen den Smalltalk den andern. Ich wollte alles über sie wissen. Fragte sie Löcher in den Bauch. Sie konnte packend erzählen. Ohne zu langwei-len: Nein, sie habe keinen Wilden geheiratet. Der letzte dieser Art habe ihr mit neunundzwanzig Jahren das Herz gebrochen. Oder immerhin beinahe. Daraufhin habe sie beschlossen, die Richtung zu ändern und zu heiraten. Einen Ehrenmann. Todlangweilig und stein-reich. Der Klassiker. Nur habe sie sich dann nicht klas-sischerweise einen Liebhaber zugelegt. Sondern zu malen begonnen. Verhalten zuerst, aber bald schon mit Leidenschaft und mit zunehmendem Können und schliesslich mit Erfolg. Vor einiger Zeit habe sie den Ehrenmann verlassen. Er hatte es mit der ehelichen Treue nicht so genau genommen. Offensichtlich war er von der Monogamie gelangweilt. Zudem erschien es ihr nicht richtig, sich in seinem Leben breit zu machen, ohne ihn zu lieben. Aufrichtig zu lieben. Und ihn statt-dessen nur gern zu haben.
Und wollte es deshalb nochmals versuchen: mit den

heftigen Gefühlen. Den gefährlichen und angsteinflös-
senden, die gleichwohl so faszinierend und fesselnd.
Obwohl ihr das ein gewagtes Abenteuer schien. Vor
dem sie einen Riesenschiss hatte. Wie sie ohne Um-
schweife zugab. Und mir dabei direkt in die Augen sah.

Ich staunte über diesen Lebenslauf. Der ohne Bitterkeit
vorgetragen. Dafür mit einer gehörigen Portion Selbst-
ironie. Deshalb also standen ihr die Jahre so gut. Und
deshalb also glänzten ihre Augen. Wie damals. Ich
kippte derweil ein Glas Wein nach dem andern. Liess
sie mit zunehmendem Rausch berauschender werden.
Und anziehender. Meine Stute. Und als sie nach ge-
schlossener Erzählung nach meinem Leben fragte,
hatte mich dieses bereits zum verliebten Narren gemacht.

Wovon um Himmels Willen konnte ich dieser Frau erzählen? Womit sie beeindrucken? Wie sie überzeugen,
dass ich der einzig Richtige für sie und ihr neuerliches
Wagnis Liebe war?

Wohl kaum mit meinem Luxuswagen.
Auch nicht mit meinem Unternehmen. Obwohl es flo-
rierte. Und das nicht zu schlecht.
Und bestimmt nicht mit meiner Karriere als Lokalpo-
litiker.
Alles oberflächlich, irgendwie. Mit einem Mal.
Schäbig beinahe.
Und die alten Werte nichtig.
Innerhalb weniger Stunden.

Trank deshalb ein weiteres Glas leer und erzählte von meinen Kindern.

Sie liess mich reden. Lange reden. Fragte hier nach und hakte dort ein. Ermutigte mich, sicheres Terrain zu verlassen: liess mich abschweifen und mich bald in Geschichten verlieren. Welche ich nie und nimmer hatte erzählen wollen. Wie die des Streits mit meiner Frau in der Hochzeitsnacht. Herrje, wie kläglich. Ich wollte diese Frau doch beeindrucken. Unter allen Umständen. Und faselte sie stattdessen ins Koma. Ohne Punkt und Komma. Mit beschämenden Geschichten. Ich Dummschwätzer. Redete weiter wie ein Wasserfall. Mit einer zu lockeren und stetig schwerer werdenden Zunge.

Erst der Aufbruch der Runde erlöste mich von meinem Redefluss.
Ich musste sie wiedersehn.
Schnell wiedersehn.
Egal, was sie von mir hielt.
Ich wollte diese Frau.
Faszinieren, für mich einnehmen, erobern.
Auf irgendeine Art.
Koste es, was es wolle.

Es kostete mich 9000 Franken.

Ein Klacks, ich hätte auch das Dreifache für das Bild bezahlt. Und dafür, wieder in ihrer Nähe zu sein. Wir tranken Kaffee in ihrem Atelier, auf ihrem Sofa sitzend. Obwohl mir ein Beruhigungstee besser bekommen wäre. Mein Herz schlug schnell und schwer, und die

Kaffeetasse zitterte, wenn ich sie zum Mund führte. Es war wie verhext, ich war in ihrer Anwesenheit abermals ein Ausbund an Peinlichkeit. Was sie nicht weiter zu stören schien. Sich darauf beschränkte, mich zu fragen, weshalb ich so nervös sei. Und hörte mich tatsächlich antworten:

«Weil ich seit dreissig Jahren in dich verliebt bin.»

«Das passt», sagte sie augenzwinkernd. Und nach kurzer Pause: «Ich bin auch in dich verliebt. Wenn auch erst seit dreissig Stunden, so plus/minus.»

Schauten uns dabei in die Augen.
Und lachten endlich laut und lange.

Es war wie befürchtet, und es war nichts zu machen: Ich war verrückt geworden.
Und sie zum Glück auch.

Ich blieb den ganzen Nachmittag in ihrem Atelier. Nein, wir schliefen nicht miteinander. Fassten uns noch nicht mal an. Sah mir stattdessen ihre Bilder an. Die meisten in Öl und ein paar Zeichnungen. Viel Mediterranes. Sie malte einnehmend und gewinnend. Schnörkellos. So, wie sie selber war. Natürlich sagte ich ihr das. Sie meinte, ich sei ein Schmeichler von der schlimmsten Sorte und könne aufhören, ihr den Honig um den Mund zu schmieren. Neckten uns dennoch weiter. Wort- und bildreich. Und zunehmend aufgekratzt vor Freude über das kindliche Spiel. Und der Leichtigkeit, mit der wir uns die Worte zuspielten. Waren elektrisiert. Von einander. Und von der Energie, die wir freisetzten. Gänzlich mühelos. Trennten uns am Abend mit schmerzlichem Bedauern. Und nur, weil ich noch einen wichtigen Termin hatte, der mir plötzlich völlig unwichtig schien.

Daheim angekommen meinte meine Frau, ich stinke nach Farbe. Ich fand, ich röche einwandfrei: Ich roch nach Terpentin, und ich duftete nach ihr. Das Bild hängte ich über mein Bett. Woher das Gemälde komme, wollte meine Frau wissen. Ich erklärte es als Investition. Was noch nicht mal gelogen war.

Am Abend legte ich mich verkehrt herum ins Bett, schaute auf die Olivenhaine. Entstanden durch ihren klaren Pinselstrich. Hielt mich nicht lange an der Realität des Bildes auf. Ging bald mit ihr durch umbrische Hügel. Tranken zusammen schweren, roten Wein. Barolo, Amarone. Und fragte mich, welchen sie wohl lieber mochte. Badeten beschwipst und nackt im Lago Trasimeno. Küssten uns im ruhigen Wasser. Liebten uns in der Dunkelheit endlich an einem verlassenen Strand. Keine Kulisse zu pompös für den verliebten Tor. Und fühlte mich in keinster Weise als Narr. Nur als brutal beschenkter und begünstigter. Vom Leben, von ihr und überhaupt.

Von da an trafen wir uns regelmässig. Gingen dem Flussufer entlang. Oder sassen in ihrem Atelier. Hielten uns an den Händen. Mehr war da nicht. Noch nicht mal ein einziger Kuss. Nie. Obwohl ich versessen darauf war, sie zu küssen. Sie anzufassen. Mit ihr zu schlafen. Und ihr es genauso ging.

Obwohl sie das so nicht gesagt hatte.

Wusste ich es.

Spürte es.

In diesem Zustand lässt sich nicht lügen.

Doch sie wollte nicht betrügen. Partout nicht. Nicht wegen der Moral. Die Moral interessiere sie wenig, sei ihr ziemlich egal. Nicht aber die Feigheit des Betruges. Und sie wolle kein Feigling mehr sein. Nicht in diesem Leben. Wolle stattdessen Entscheidungen treffen, auch wenn diese zuweilen unbequem und schwierig.

Anfangs dachte ich, sie spiele die Tugendhafte. Um mich verrückt zu machen. Und noch mehr in ihren Bann zu ziehn. Ich wollte nicht begreifen, weshalb wir unserer Lust nicht nachgeben sollten. Meine Megastute und ich. Später jedoch begann ich sie zu verstehen. Begriff, dass sie kein Spielchen spielte. Einfach keine halben Sachen machen wollte. Und fing an, ihre Haltung zu akzeptieren. Zumindest ansatzweise. Und dachte weiterhin an nichts anderes, als sie endlich zu packen und mit ihr zu schlafen.

Wir redeten reichlich. Stattdessen. Lachten bei jeder Gelegenheit. Schwiegen gemeinsam und genüsslich. Und natürlich interessierte sie sich nicht für meinen Bentley. Und nicht im geringsten für mein Haus und meine Partei. Auch nach meiner Frau fragte sie nie. Dafür wollte sie wissen, was mit Homo faber passiert sei. Und mit meiner Leidenschaft zur Literatur. Und ich sagte ihr, aus meiner Liebe zum Lesen sei ein eindrückliches Bücherregal gewachsen. Welches allerdings bedenklich Staub angesetzt habe im Laufe der

Jahrzehnte. Verwaist sei mittlerweile und öde und unbelebt in der Wohnstube stehe. Zunehmend befremdet beäugt wurde von mir. Während ich mich fragte, wohin nur all die Begeisterung verschwunden war. Fürs Lesen der vielen Bücher. Fürs Entdecken fremder Welten. Und ich immer mehr ins Grübeln kam, was wohl überhaupt mit dem ungestümen Leser passiert sein mochte, und wohin der Gute sich wohl abgesetzt.

Begann darüber nachzudenken. Regelrecht zu brüten, wenn ich nachts im Bett lag und auf die Olivenhaine starrte. Und mein Körper nicht aufhörte, nach ihr zu verlangen. Begann, infrage zu stellen. Meine Überzeugungen, Glaubenssätze, Auffassungen. Hatte doch alles erreicht, was es zu erreichen gab. Familie, Ansehen, Geld. Mehr war da nicht. Nicht wirklich. Nicht auf Erden, auf keinen Fall. Oder vielleicht doch? Gab es vielleicht irgendwo diesen berühmt-berüchtigten tieferen Sinn, der mir bis anhin verborgen geblieben? Und war das ganze Streben nach Erfolg vielleicht nichts anderes als ein Verdösen und Verpennen der Lebenszeit mit offenen Augen?

Manchmal sprach ich mit ihr darüber, meine Familie zu verlassen. Sie war klar dagegen: weil unsere Gefühle dem Alltag nicht standhalten würden. Nicht unter diesen Bedingungen. Von den Verletzten, die wir unterwegs hinterlassen würden, ganz zu schweigen. Und all die Schuldgefühle, die daraus entstünden. Auf der einen Seite. Und die Erwartungen. Auf der andern. An sie als Frau. An mich als Mann. Unerfüllbar. Würden uns erdrücken. Innert kürzester Zeit. Und die kostbare Leichtigkeit unter uns begraben.

Und las mir stattdessen Gedichte vor. Liebesgedichte. Von Erich Fried. Die auch in meinem Gestell standen, irgendwo.

*Was es ist.*
Und die ich beinah vergessen hätte. Jetzt wieder suchte und fand und umständlich von ihrer Staubschicht befreite.

So sei alles einfacher.
Meinte sie.

Eine ungelebte Liebe ist und bleibt eine immerwährende Liebe.
Wer weiss zudem, wohin die Liebe sich gerettet hätte? Wären die liebestollen Gefühle in die Monate und Jahre und vor allem in den Alltag gekommen. Sie scherzte gerne über die grossen Emotionen. Und irgendwie hatte sie wohl recht. Was, wenn nach dem Verliebtsein plötzlich nichts mehr war, ausser Ernüchterung und Enttäuschung.
Darüber wollte ich nicht nachdenken.
Diesen Zustand lebte ich bereits zu Hause.
Wie mir deutlich dämmerte.

Und wollte unser Verhältnis nicht entzaubern. Ebenfalls nicht.
Unter keinen Umständen.
Lieber Vogel auf dem Drahtseil sein.
Und auf dem Seil tanzen. Solange, als irgendwie möglich.

Schufen uns deshalb unsere eigene Welt: bauten uns eine Hütte. An einem einsamen See. Irgendwo im Norden. Sie wollte nach Kanada. Ich nach Dänemark oder Schweden. Aus Angst vor den Bären. Sie lachte und klärte mich auf: Auch in Schweden könne man auf Bären treffen, wenn man denn Pech hatte. Ziemlich grosses Pech. Aber eigentlich war uns der Ort egal. Hauptsache, einsam und mit ihr gemeinsam. Weg von Lärm und Hektik. Und vor einer Realität, die uns nicht zusammenkommen liess.

Ich fällte tagsüber Bäume und zerschlug sie zu Brennholz. Oder ruderte mit einem Holzkahn raus und liess die Fische beissen. Sie malte sich durch den Tag und briet abends die Forellen, die ich gefangen hatte. Es waren sehr archaische Bilder. Wenn ich sie daheim im Bett nochmals aufleben liess, liebten wir uns vor dem Feuer. Auf dem Tisch. Und manchmal auch im Bett. Und lasen uns danach Gedichte vor.

Hätte meine Frau von meiner Träumerei gewusst, sie hätte mich zu einer Abklärung beim Spezialisten angemeldet. Denn ziemlich sicher war da ein Tumor. Hätte sie befürchtet. Ein grosser, fieser Hirntumor.

Aber sie wusste nichts davon, weil ich jeden Abend nach Hause kam wie immer. Ohne schlechtes Gewissen, da ich sie nicht betrog. Zumindest nicht im herkömmlichen Sinne. Stattdessen wieder mit ihr zu schlafen begann. Weil die Lust mein ständiger Begleiter wie zu Gymnasialzeiten.
Überhaupt voller überschüssiger Energie war.
Mich messen wollte, es nochmals wissen wollte.

Und mich für die Wahl zum Gemeindepräsidenten aufstellen liess. Wie nebenbei meine Geschäfte gewinnbringend vorwärtstrieb. Flügel trug, dank denen auch mein altes Leben wieder Schwung aufnahm.

Aber so ein Traum von einer Hütte ist nicht von Dauer. Kein Zustand, der fortbesteht.

Er kommt.
Er ist.
Und er vergeht.

Wie alles.
Im Leben.
Irgendwann.

Es war an einem Nachmittag im November. Wir hatten in ihrem Atelier diesen Amarone getrunken, den ich nicht ohne Hintergedanken mitgebracht hatte. Die ganze Flasche. Unvorsichtigerweise. Und dann kam es, wie es kommen musste. All die angestaute Lust. Seit Monaten. Und die enthemmenden Promille. Wir fielen übereinander her. Zwei wilde Tiere. Völlig menschlich. Hast und Hektik und Entladung.

Erst danach küssten wir uns.
Umarmten uns.
Und begannen etwas bedächtiger nochmals von vorn.

An diesem Abend schlich ich stumm nach Hause. Schwer am schlechten Gewissen tragend. Der schuldhafte Fremdgänger mit eingezogenem Schwanz. Wenigstens Willens, zu seiner Tat zu stehen, die

Konsequenzen zu ziehen und die Familie zu verlassen. Meine Frau stand im Wohnzimmer. Sehr attraktiv und in ihrem besten Kleid. Die Kinder neben ihr, gross geworden. Fiel mir qualvoll auf, ausgerechnet in diesem Moment. Und überall Ballone und Girlanden und eine Flasche «Roederer Cristal». Sie fielen mir um den Hals. Der Korken knallte. Herzlichen Glückwunsch! Ich hatte die Gemeindepräsidentschaftswahl gewonnen.

Natürlich sagte ich an diesem Abend nichts. Nichts am darauffolgenden Tag und nichts in den Wochen danach. Es war nicht der richtige Zeitpunkt. Redete ich mir ein. Die Wahrheit jedoch war, dass es den richtigen Zeitpunkt nicht gab. Für sie und mich. Nicht heute und nicht morgen. Und ziemlich sicher auch nicht übermorgen. Weil ich mein Leben nicht aufgeben konnte. Nicht aufgeben wollte. Meine Kinder und meine Frau nicht verlassen. Ich zudem gerne Gemeindepräsident wurde.

Ansehen und Reputation mich lockten. Mein Gott, die ganze Welt funktioniert so. Weshalb sollte ich es anders machen? Ich bin nun mal kein buddhistischer Mönch. Der aller weltlichen Begierde entsagt. In irgendeinem weltfremden Kloster. Oder an einem abgelegenen See. Natürlich reizte mich die Hütte und natürlich liebte ich sie. Zumindest heute. Und natürlich ahnte ich, dass es mehr gab. Als eine Anhäufung von Ruhm, Ehre und Besitz. Wenn man bereit ist. Sich gegen den Strom in Richtung Quelle zu bewegen. Aber ich war dazu nicht bereit. Es schwamm sich zu bequem und vor allem zu lustvoll in die gewohnte Richtung.

Sie hat es sofort gewusst. Schon am Tag danach. Sie hat mir gratuliert zum Sieg. Sich vor mir verneigt, und mich scherzhaft «Herr Gemeindepräsident» genannt. Mir viel Erfolg gewünscht und sich gekonnt meiner Umarmung entzogen.

Und fand keine Zeit mehr für unsere Treffen. Schob Aufträge vor, die dringend zu erledigen waren. Ich wusste, dass es Ausflüchte waren. Und ich wusste, dass ich unsere Gefühle zugunsten der Vernunft verscherbelt hatte. Wollte sie trotzdem nicht aufgeben. Und erst recht nicht die Kraft, die sie in mir freisetzte. Wollte weiterhin beides: den sicheren Hafen daheim und die grosse Reise mit ihr. Seien wir ehrlich, wer will das nicht? Jeder macht das so. Würde es so machen. Wenn es denn nur irgendwie möglich wäre.

Irgendwann hielt ich es nicht mehr aus und fuhr bei ihr vorbei.
Die Türe des Ateliers war verschlossen.
Ich äugte durch die Glasscheibe.
Der Raum war leer.
Bilder, Farben, Staffelei, alles weg.
Sie war weg.
Wortlos aus ihren Räumen und aus meinem Leben verschwunden.

Und während ich noch immer durch die schmutzige Scheibe spähte, begann mein Herz zu rebellieren. Sich zusammenzuziehen und zu verkrampfen. Und ich verstand mit einem Schlag, dass nicht ungeschoren davonkommt, wer die Liebe verkauft.

Seltsamerweise schöpfte meine Frau erst jetzt Verdacht. Jetzt, da meine Angebetete aus meinem Leben verschwunden war. Ich blieb tagelang im Bett liegen. Täuschte ein Burn-out vor. Welches sie mir natürlich nicht abnahm. «Du hast eine Andere», stellte sie mich zur Rede. «Diese beschissenen Olivenbäume an der Wand, ich wusste es. Und der dauernde Gestank nach Terpentin. Ich habs gewusst, von Anfang an.»

Aber ich hatte keine Andere. Nicht mehr. Genau genommen nie gehabt. Das war die traurige Wahrheit. Ich litt an gebrochenem Herzen. Unvermutet und unvorhergesehen. Ich, der Herr Gemeindepräsident, Geschäftsmann, Familienvater und Ehemann. Der immer alles im Griff gehabt hatte. Bis dahin. Lag im Bett. Hilf- und kraftlos. Ein kleiner, ungelenker Junge. Der keine Ahnung hatte, wie er das aushalten sollte, und erst recht nicht, wie das Ganze zu überleben war.

Blieb deshalb einfach liegen. Heulte in die Kissen. Streichelte die Landschaft aus Öl, als wärs ihr Körper. Meine Frau hörte irgendwann auf zu fragen. Brachte mir stattdessen Tee und Haferschleimsuppe. Und schickte mich zum Hausarzt. Der das Burn-out bestätigte. Mich krankschrieb. Und somit meine Auszeit nach aussen schicklich machte.

Nach zwei Monaten war das Gröbste überstanden. So ein Herz wächst wieder zusammen, und es stand mir nicht zu, über das vernarbte Gewebe zu jammern. Nahm mein altes Leben wieder auf, abgesehen vom Beischlaf mit meiner Frau.
Ein paar Wochen später verliess ein Parteikollege seine

Familie. Völlig unerwartet, wie es schien. Das ganze Dorf wetterte und zeterte: Er habe eine Geliebte, der verantwortungslose Halodri. Wie die Geier fielen seine Kollegen über die Nachricht her. Zerpflückten und zerhackten genüsslich jedes an die Öffentlichkeit geratene Detail. Ich sagte nichts. Schüttelte auch nicht den Kopf. Fühlte stattdessen stechenden Neid. An genau der Stelle, an der ich vor nicht langer Zeit von der Liebe getroffen.

*Es ist Unglück, sagt die Berechnung.*

Und hatte gleichzeitig Mitgefühl für den sündigen Abtrünnigen. Wünschte ihm alles Gute.
Nach einigem Nachdenken.
Innerlich, in aller Stille.
Wünschte ihm gar heimlich Frieds Refrain:
*Es ist was es ist, sagt die Liebe.*

# Was es ist

## Teil II

Ich bekam das Gedicht von Fried nicht aus dem Kopf. *Es ist unmöglich, sagt die Erfahrung.* Einmal mehr. Wie hatte das nur passieren können. Ich war vorbereitet. Wissend. Und doch wieder reingefallen, hingefallen. Dabei lautet Regel Nummer eins: Lass dich nicht auf Männer ein, die dich schlecht behandeln. Oder die vergeben sind. Es ist ein und dasselbe. Man verletzt sich dabei, und das gründlich. Ich hatte gemeint, die Regel kapiert zu haben. Und den Mechanismus dahinter erkannt. Durchbrochen gar, und mich aufgemacht zu neuen Ufern.
Papperlapapp, welch grossartig Wunschdenken.

Wie er vor mir stand an diesem Klassentreffen, war keine Zeit. Für nichts. Schon gar nicht fürs Abwägen und Sondieren. Um sich rechtzeitig in Sicherheit zu bringen. Und um das Herz mit einem Stoppschild zu schützen. Die Welle war zu unerwartet und zu hoch. Keine Chance, dagegen anzuschwimmen. Also bin ich frech auf ihr gesurft. Und eine Zeit lang hielt ich sogar die Balance.

Er liess mich zuerst erzählen. Nicht nur, weil er Manieren hatte. Auch weil er es wissen wollte: wie mein Leben verlaufen war. Und was damals Sache gewesen war. Ich wusste, dass die Jungs verrückt nach mir gewesen waren. Ich wusste auch, dass über mich geredet wurde. In grossen Mengen Gerüchte verbreitet. Über meine Flecken. Und wer sie mir zugefügt hatte. Aber es war nicht mein Stiefvater. Er war ein mieser Typ, das stimmt. Einmal hat er sogar das Geld geklaut, das mir meine Tante zu Weihnachten geschenkt hatte. Ich kam mit ihm nicht klar, aber er war es nicht. Er war mit meiner Mutter beschäftigt. Und beide zusammen mit ihren Flaschen. Und damit, sich lautlos zu Tode zu trinken.

Daneben war kein Platz. Für nichts und niemanden. Auch nicht für mich, die Tochter. Deshalb schlug ich meinen Kopf gegen die Wand. Abends im Bett. Und malträtierte meine Arme. Um zu spüren, dass ich da war. Am Leben. Während meine Eltern vor dem Fernseher dämmerten, randvoll mit Bier und Schnaps.

Und deshalb hing ich mit den coolsten Typen rum. Allesamt ungeliebt wie ich. Und wie ich selber immer auf der Jagd nach dem nächsten grossen Kick. Und auf der Suche nach dem nächsten endgültigen Beweis: trotz allem liebenswert zu sein. Aber der Trick funktioniert nicht. Er funktioniert nie. Denn irgendwann zerbricht das Herz dabei. Und man selber vergrämt und verbittert. Es ist nur eine Frage der Zeit. Bei allen, auch bei mir.

Deshalb heiratete ich irgendwann. Vollführte einen Richtungswechsel mit Gewalt. Einen, dems ernst war. Wies schien. Doch mein Herz blieb seltsam gleichgültig. Weil auch dieser Deal nichts bringt. Diese armseligen Retterfantasien. Die sich hartnäckig in unsern Köpfen halten. Dabei hilft nur eines: sich selber aus dem Sumpf ziehen. Wie auch immer.

Und als ich mit Malen anfing, begann ich zu begreifen. Langsam, aber stetig. Jeder Pinselstrich ein Schritt in Richtung Genesung und Freiheit. Und das malträtierte Herz schlug irgendwann wieder. Beinahe normal. Tat, als wäre nichts gewesen, und wollte es nochmals wissen. Wollte sich tatsächlich nochmals auf die Liebe einlassen. Und all dies versuchte ich ihm an diesem Abend zu erklären. Weiss der Geier, warum. Solche Seelenstrips sind normalerweise ganz und gar nicht mein Ding.

Überhaupt war er eigentlich nicht mein Typ. Viel zu gestelzt und auf Erfolg getrimmt. Immer einen passenden Spruch auf den Lippen. Und ein Gewinner-grinsen im glatt rasierten Gesicht.

Unausstehlich oberflächlich. Redete ich mir ein. Und das Auto, mit dem er vorfuhr, ach du Schande, der Beweis dafür. Passte zum Haus in der Agglo und zu ihren Bewohnern, welche samstags lustvoll die Heckenschere spazieren führen. Und zur Abwechslung unter der Woche Lokalpolitik betreiben. Aber Hauptsache, man hat es geschafft. Und lebt Zaun an Zaun mit Gleichgesinnten, die einem die erkämpften Trophäen neiden.

Nein, von so einem Mann hatte ich nicht geträumt, keinesfalls. Als ich mich entschloss, es mit der Hingabe nochmals zu versuchen. Aber die Liebe ist ein Kind der Freiheit. Bekanntlich. Abgedroschen, aber wahr. Und lässt sich nieder, wos ihr gefällt. Hält sich nicht an Vorlieben und Abneigungen und macht überhaupt, was sie will, und wie es ihr passt.

Kam somit an jenem Abend in seiner Gestalt daher.
Und seinem angetanen Blick.
Auf mich.
Es war dieses Interesse an mir.
Dieses ausschliessliche.
Welches mich innehalten liess.
Aufhorchen und aufbrechen.
Und mich ihm zuwenden.

Deshalb setzte ich mich beim Essen neben ihn. Und deshalb liess ich ihn erzählen. Auch wenn er ohne Punkt und Komma schwafelte, als er an der Reihe war. Und mir Geschichten erzählte, die man lieber nicht hören möchte. Normalerweise: von seiner Frau und seiner Partei. Und von der Wahl zum Gemeinde-präsidenten, für die er zu kandidieren gedenke. Das langweilt jeden Zuhörer. Rein objektiv betrachtet. Und doch hatte ich kurz zuvor ebenso viel Unnötiges von mir selber preisgegeben.

Und hörte weiter zu und hin. Blieb an seinem Lächeln hängen. Liess mich erheitern von diesem Buben-grinsen. Als wär er noch immer Gymnasiast. Und ich wieder Gymnasiastin. Und der Vorstadt-Held fiel von ihm ab. Und die kritische Künstlerin von mir.

War einfach nur noch fasziniert.
Von diesem Schelm.
Kann nicht erklären, wies geschah.
Liess mich verwirren.
Und mich hinreissen.
Schnell ging das und ohne Vorwarnung.

Und schon hatte der Verstand einen Maulkorb verpasst bekommen und Bauch und Herz einen Frei-schein ergattert.

Bis die Runde um uns herum aufbrach. Und er zum Glück schnell war. Mit dem Vorwand, dringend ein Bild aus Öl zu brauchen. Für eine leere Wand, die er unmöglich noch länger ertragen könne. Sagte, wolle sich alle meine Bilder ansehen, um eines davon auszusuchen. Machten einen Termin aus. Und wurde dabei rot wie zu Schulzeiten, wenn ihn der Lehrer aufrief, und er die Antwort nicht wusste.

Sassen uns zwei Tage später wieder gegenüber. In meinem Atelier. Halbwüchsige jetzt beide mit schweissnassen Händen. Sein Geständnis kam rasch: Seit dreissig Jahren sei er in mich verliebt. So eine Aussage gibt was her. Doch sein Gesichtsausdruck verriet ihn. Und ich antworte, mir gehe es genauso. Wenn auch erst seit ein paar Tagen. Und dann lachten wir. Lachten uns zurück auf sicheres Gebiet. Versuchten es zumindest. Und waren doch weiterhin komplett verwirrt. Und das in unserm Alter.

Es stellte sich heraus, dass er sich tatsächlich für die Malerei interessierte. Er entschied sich für die umbrischen Olivenhaine. Ich zog ihn auf, mediterrane Kulisse gehe immer gut, sogar bei Kunstbanausen. Er sagte, keine Banause zahle 9000 Franken für drei Bäumchen aus Öl. Ich konterte, er solle die Kleinigkeit des Mondes nicht vergessen, in dessen Licht sich die Haine gen Himmel strecken. Denn erst der Mond schlägt zu Buche. Weil er Kunst von Kitsch trennt. Und es die Kunst ist, für die wir schliesslich bezahlen. Als er mein Atelier verliess, stand auch der echte Mond am Himmel. Und von da an war nichts mehr wie früher.

Sahen uns nun regelmässig. Konnte fast nicht an mich halten. Die Atmosphäre war wie geladen, ich war geladen. Sogar die Staffelei war elektrisiert in jenen Tagen. Die Pinsel, die Farbe, er. Einfach alles. Hätte dauernd über ihn herfallen wollen. Jetzt, sofort. Immer und immer wieder. Aber ich wollte nichts kaputt machen. Nicht Kunst zu Kitsch verkommen lassen. Eine Liaison, wie einfach. Hatte ich gehabt. Zu viele davon. Wollte ich nicht mehr. Wollte mich verpflichten. Ansonsten verzichten. So edel, glaubte ich tatsächlich zu sein. Und redete mir ein, es sei ein klein bisschen auch aus Rücksicht auf ihn. Und vielleicht sogar auf seine Frau und seine Kinder. Und hielt meinen Körper zurück mit aller Kraft. Und mit dem bisschen Verstand, der mir geblieben war.

Nur die Hände hielten sich nicht an den Verzicht. Schafften es nicht, an Ort und Stelle zu bleiben. Wanderten zueinander, umschlangen, drückten, streichelten sich. Betasteten das Gesicht des andern, berührten stellvertretend für die Lippen den Mund. Brannten in Vertretung. Und liessen sich nur durch Reden wieder beruhigen. Über Homo faber zum Beispiel. Dank dessen Gefühlskälte wir selber wieder abkühlten und bei andern Leidenschaften landeten: dem Lesen und der Literatur. Und uns fragten, wo sie hingekommen. Er ehrlich und ernsthaft erstaunt war. Weil ihm so vieles abhandengekommen, was ihm als junger Mann heilig gewesen war. Hatte wohl in jenen Tagen eine Ahnung.

Vom andern Reichtum. Der nicht zu kaufen ist. Nicht mit Geld und nicht mit Gold. Und auch nicht mit Macht.

Und träumten mit offenen Augen. Von unserer Hütte am See. In die wir nie einziehen würden. Zumindest nicht gemeinsam. Ziemlich sicher. Ich wollte nicht, dass er seine Familie verlässt wegen mir. Wollte mir diese Schuld nicht aufhalsen. Mich nicht den Erwartungen stellen, die daraus entstünden. Die malende Muse. Die den Homo faber erlöst aus seiner Midlife Crisis. Und ihn den Rest seines Lebens verzückt im Paradies auf Erden. Oh nein, nicht meine Rolle. So funktioniert das nicht. Weil die Muse nachts schnarcht. Und menschlich ist. Und zuallererst malt. Täglich malt. Malen muss. Und nicht mal weiss, ob sie so viel Nähe erträgt. Lebenslang. Und überhaupt. Keine Zeit hat, die Bedürfnisse anderer zu befriedigen. Und niemanden entschädigt. Für den Verzicht. Auf die verlorene Familie, den Wagen und das hohe Amt in der Gemeinde. Und überhaupt einen Riesenschiss vor der Zweisamkeit und den damit verbundenen Erwartungen hat.

Und ihm deshalb die Gedichte von Fried vorlas. Die alles enthalten. Nichts auslassen. Was sich an Freuden und Ängsten um die Liebe so tummelt. *Was es ist.* Und deren Bedeutung bald zu unserm persönlichen Nachschlagewerk mutierte.

Das Zusammensein mit ihm derweil genoss. Erst recht. Ohne in die Zukunft zu schielen. Es zumindest versuchte und streckenweise gar schaffte. An Renoir denken musste und an seine Bilder: Sommer, Sonne und ein warmer Wind. Und im nächsten Moment alles vorbei, ziemlich sicher. Ging händchenhaltend mit ihm den Fluss entlang. Die Möwen beobachtend, als wären es seltene Greifvögel, das Glitzern des Wassers so intensiv wie reines Silber. Und um uns herum die Landschaft in warmes Licht getaucht, obwohl der Himmel doch blass und die Temperaturen unter dem Gefrierpunkt. Alles da und alles gut. Und dabei so verdammt vergänglich, stets in Gefahr, sich in Nichts aufzulösen. Die ganze Pracht.

Allein schon durch die Gier bedroht.
Die immer wieder aufflammende.
Nach Festhalten.
Ihn halten.
Und ihn besitzen.
Ihn nicht mehr nach Hause gehen lassen.
Weil zu Hause jetzt bei mir.
Bei uns.
Und Nägel mit Köpfen machen.
Aufs Ganze gehn.
Ein Wagnis eingehn.
Nach einer Flasche Wein.
Und sich nicht mehr zurückhalten können.
Selber schuld.
Und provoziert.

Uns liebten in wilder Eile. Kurz, heftig, krass. Als würden wir so eine Lösung finden. Und natürlich fanden wir keine.

Hatten stattdessen die Grenze überschritten. Und mussten eine Entscheidung fällen. Blieb wie jeden Abend allein zurück. Einsam, zum ersten Mal. Sah ihm nach, wie er ging. Das Haupt gesenkt. Weil ihn jetzt das Gewissen plagte. Und wusste, wenn er die Richtung ändern würde, dann schnell. Sofort. Am gleichen Abend noch.

Er kam tatsächlich rasch zurück. Am nächsten Tag schon. Aber nicht, um zu bleiben. Sah ihm ins Gesicht und wusste es. Wusste alles. Gratulierte ihm zur Wahl. Aufgesetzt lächelnd. Mit aller Kraft die berühmte gute Miene zum bösen Spiel machend.
Es war unmöglich.
Ihm unmöglich.
Die alten Zelte abzubrechen.

Ich war nicht gekränkt, nicht beleidigt. Höchstens ein wenig. Vielleicht auch ziemlich fest. Okay, es tat weh, und das heftig. War aber gleichzeitig erleichtert. *Es ist nichts als Schmerz, sagt die Angst.* Es hätte auch unglaublich viel schiefgehen können. Wäre ein gigantisches Wagnis gewesen. Besser, es gar nicht erst eingehen. Lieber ein Ende verdauen. Als ein Schrecken ohne Ende leben. Und stürzte mich stattdessen einmal mehr in meine Arbeit. Ruhte mich malend aus, auf sicherem Gebiet. Arbeitete tagsüber ohne Pause und lag nachts lange wach.

Und stiess auf dieses Inserat im Internet. Und auf die Blockhütte, die dort angeboten. Ein paar Kilometer östlich von Lidköping. Am See Vänern. Dieses Abenteuer würde mir besser stehen. Würde also doch in

Schweden landen. Verkaufte das Atelier und ein paar Bilder und kaufte die Hütte. Ungesehen. Mir meiner Sache jedoch sicher, aufgrund von ein paar unscharfen Fotos. Wollte ihm einerseits alles erzählen. Mit ihm zusammen packen. Gemeinsam zum Holzhaus reisen. Und andererseits auch wieder nicht. Allein auf dem Weg sein weiterhin. Durchaus reizvoll. Und risikoarm. Sah und fühlte meinen gewichtigen Koffer. Welcher mir vorauseilen würde. Selbstverständlich. So wie jeder Koffer vorauszureisen pflegt. Um am Zielort geduldig auf seinen Besitzer zu warten. Und tatsächlich vollgepackt in Filsbäck stand, wie ich ankam.

Mich die Hütte weinend einweihen liess.
Drei Tage lang sass ich auf dem Steg. Drei Tage lang tropften meine Tränen in den See Vänern.

Dann wurde das Wasser ruhig. Und mein Spiegelbild sichtbar.

Vielleicht sogar lächelte es.

# Was es ist

## Teil III

Heiliger Vater im Himmel, das war mein wichtigster Job, meine Reifeprüfung sozusagen, und ich hab sie dermassen vermasselt und versaut. Und Amors Pfeil versenkt im Nirwana. Anstatt in den Herzen der beiden. *Es ist lächerlich, sagt der Stolz*. Dabei gelte ich als begabter Engel. Ein Vorzeigelichtwesen. Man hielt im Rat grosse Stücke auf mich und meine Talente. Und jetzt dieses Malheur. Das kann mich eine Versetzung kosten. Ins Gesundheitswesen. Wenn ich denn Pech hab. Du meine Güte, das ist das Schlimmste, was einer kreativen Natur wie mir passieren kann: Heissen Tee servieren und Essigsocken wechseln, also ehrlich, das ist unter meiner Würde, ich bin doch zu Höherem geboren.

Der Rat hatte mich gewarnt und gefragt: Überschätzt du dich nicht, du junger Hüpfer? Und bist du denn überhaupt reif für diese Aufgabe? Du bist talentiert, zweifellos, aber das ersetzt nicht die Erfahrung, die dir fehlt. Das hat mein Ego beleidigt. Und meine Eitelkeit beflügelt. Schliesslich weiss ich, was ich kann. Und wer ich bin. Und überhaupt ist Reife nichts anderes als schöngeredete Mittelmässigkeit, damit gebe ich mich nicht zufrieden.

Und die im Rat sind starr und stur und gönnen uns die

Jugend nicht. Natürlich war ich bereit für diese Aufgabe, und wie! Hören und Sehen würden diesen angegrauten Zweiflern vergehen. Wenn ich die beiden mittelalten Glückssucher gekonnt zusammenführte. Ein Klacks war das. Die Liebe ist die stärkste aller Mächte. Das wissen nicht nur wir Engel. Und in Kombination mit meinem Können würde hier nichts schiefgehen. Glaubte ich. Nein, wusste ich. Mit Bestimmtheit. Und dann ging trotzdem alles schief.

Dabei waren die beiden schon ineinander verliebt, bevor ich den Bogen gespannt hatte. Allein meine Präsenz hatte an dem Klassentreffen dafür gesorgt. Gegen ihren Willen. Ein Meisterwerk war das, wie elegant ich den beiden den Kopf verdrehte. Ich bin eben gut. Himmlisch gut. Als er sie ein paar Tage später im Atelier besuchte, nahm ich Pfeil und Bogen erst gar nicht mit. Dank mir lief die Sache wie geschmiert, und wie von selbst. Setzte mich auf ihre Staffelei. Und streute locker und lässig eine Handvoll Liebe über Mann und Frau. Eine einfache Übung für einen Voll-profi wie mich. Und natürlich hatten die beiden keine Chance. Sich gegen diese Naturgewalt zur Wehr zu setzen. Wurden vom Liebesrausch gepackt, während ihr Verstand vergeblich nach einer Erklärung suchte.

Das war göttlich anzuschauen und ich entschloss mich, noch ein bisschen Schabernack mit den Ohnmächtigen zu treiben. Obwohl uns Engeln das eigentlich untersagt ist. Aber wie langweilig ist das denn, wenn man sich immer an alle Abkommen hält? Regeln sind da, um übertreten zu werden. Ansonsten wird man faul und duckmäuserisch und überlässt das Denken andern.

Und am Ende ist man ein alter, überheblicher Sack und sitzt im Rat.

Also hab ich die beiden noch ein bisschen geneckt. Und mehr Liebe gestreut, als nötig gewesen wär. Zwei, drei Handvoll, so ungefähr. Obwohl die Empfehlung für die Dosierung bei Frischverliebten bei einer Prise liegt. Das war wohl, im Nachhinein betrachtet, ein Fehler. Ein ziemlich grosser sogar. Denn ich hatte nicht mit dieser Körperlichkeit gerechnet. Mit dieser Anziehung zwischen Mann und Frau. Die ist uns Engeln fremd. Wie auch das Chaos, das daraus entsteht. Ging einfach davon aus, dass die sich über die Liebe freuten. Und diese gebührend feierten. Und wenn sie etwas mehr davon erhielten, freuten sie sich eben noch ein bisschen mehr.

Aber ab einem gewissen Punkt haben sich die beiden überhaupt nicht mehr gefreut.
Und haben schon gar nicht gefeiert.

Sie haben gelitten und gerungen.
Und mit dem Gewissen gekämpft.
Und dabei galt es einzig, eine Entscheidung zu fällen.
Entweder ... oder.
Die Ehefrau oder die Malerin. Für ihn.
Die einsame Wölfin oder das Wagnis. Für sie.
Das ist doch nicht so schwierig.
Meinen zumindest wir Engel.

Aber die Menschen sind diesbezüglich kompliziert. Sie habens nicht so mit dem Geschehenlassen. Sie kontrollieren lieber. Sich selbst und andere. Und am allerliebsten sämtliche Gefühle, die ihnen als unpassend erscheinen. Halten sich deshalb an Altbewährtes. Selbst wenn der Gaul längst tot, auf dem sie reiten. Und deshalb haben sie sich dieses Netz aus Urteil und Moral geflochten. Schon vor ewigen Zeiten. Haben stets ein bisschen daran herumgewerkelt. Im Laufe der Jahrhunderte hier ein Loch als Durchschlupf geschneidert. Dort eine zusätzliche Masche geknüpft als Versteck. Aber das Netz als Falle ist geblieben und die Herzen der Menschen darin gefangen. Und darum gibt es ganze Heerscharen von Liebesengeln wie ich, die durch das Maschenwerk zielen und zu treffen versuchen.

Wie bei den beiden.
Die nun zappelten wie Fische auf dem Trockenen.
Ich musste handeln, das war klar.
Und zwar schnell.
Retten, was noch zu retten war.
Mit einem Volltreffer.
Und zwei gezielten Schüssen durch das Maschenwerk, ins Herz.
Jetzt. Gleich.
Legte an.
Spannte, zielte, schoss.
In Eile und Aufruhr.
Und ... verfehlte.

Im Rat rieb man sich genüsslich die Hände. Schadenfreude ist und bleibt die grösste Freude. Auch unter uns himmlischen Heerscharen. Hatte man es doch gewusst. Solch delikate Aufträge sind eben doch nur mit Alter und Erfahrung zu lösen. Man zog mich von dem Auftrag ab und sandte stattdessen ein ranghohes Ratsmitglied auf die Erde. Welches nach wenigen Tagen zurückkehrte, unverrichteter Dinge. Seine Flügel selbstverständlich in Unschuld waschend. Leider sei nichts mehr zu machen gewesen. Rein gar nichts. Der Karren von mir bereits zu tief in den Dreck gezogen, und somit durch nichts und niemanden mehr zu retten. Daraufhin wurde ich von allen Erdaufträgen suspendiert. Bis auf Weiteres. Sass tatenlos auf meiner Wolke. Werweissend und wartend. Was nun wohl aus den beiden werden würde. Und aus mir. Und wann ich wohl meine Strafe im Gesundheitswesen anzutreten hatte.

Zermürbend war das und entwürdigend für ein dynamisches Naturell wie mich. Das erst in Bewegung kommend seinen wahren Glanz entfaltet. Und so, zum Stillstand verdammt, Rost ansetzt. So wie die da unten, die jetzt wohl alterten, welkten und verfielen, wenn ich das Ruder nicht bald herumriss. Und äugte somit bang und besorgt über den Rand meiner Wolke in die Tiefe:

Sah nicht, was ich erwartet hatte.
Sah keine gebrochenen Menschen.
Nur zwei gebrochene Herzen.
Drauf und dran, neu zusammenzuwachsen.

Langsam aber stetig.
Staunte nicht schlecht.
Wurde vom Teufel geritten.
Und wollte das Ruder herumreissen.
Wollte meine Mission zu Ende bringen.
Und meinen Willen durchsetzen.
*Es ist leichtsinnig, sagt die Vorsicht.*
Und beschloss, den Bogen nochmals zu spannen.

Trotz aller Ermahnungen. Trotz aller Verbote.
Würde ich die Aufgabe beenden.
Erfolgreich diesmal.
So wahr ich hier flog.

# Aber solange ich atme

## Teil I

Es war pure Eitelkeit. Das gebe ich zu. Ich hätte die zwei in Ruhe lassen können. Es ging ihnen nicht schlecht, beiden nicht. Nicht mehr. Sie hatten den Angriff der Liebe überlebt. Waren dabei, wieder Fuss zu fassen in ihren Leben. Auch ohne einander. Das war klar und deutlich zu sehen. Sogar von hier oben.

*Auch was auf der Hand liegt, muss ich aus der Hand zu geben bereit sein.* Doch dazu war ich ganz offensichtlich nicht aufgelegt. Im Gegenteil: Behielt das Ganze fest im Griff und würde den Menschen beweisen, dass es in der Liebe nur mit Engelshilfe klappt. Vor allem mit meinem kostbaren Zutun, in diesem ganz speziellen Fall. Wollte meine Unersetzbarkeit demonstrieren. Und gleichzeitig dem Rat das Maul stopfen. Zwei Fliegen auf einen Streich schlagen und mich mittels Erfolg rächen. Und mir zugleich ein beachtlich Denkmal setzen. Bevor mich das Gesundheitswesen stoppte und in den Vorruhestand beförderte.

Konnte ich alles riskieren.
War vogelfrei und somit narrensicher.
Überlegte nicht lange.
Spitzte die Pfeile und putzte den Bogen.
Verpackte beides in den Köcher.
Und machte einen Abflug.

Traf beide beim ersten Anlauf.
Zuerst sie in der Einöde.
Dann ihn im Gewimmel.
Zwei Schüsse ins Schwarze.
Oder eben mitten ins Herz.

Wusste ichs doch, ich kanns und zwar einwandfrei.
Bin ein Ass und ein Trumpf in einem.
Flog beglückt und befreit in den Himmel zurück. Bereit, mich in der reumütigen Entschuldigung des Rates zu sonnen.

# Aber solange ich atme

## Teil II

Es war wie verhext. Gerade, als es mir anfing besser zu gehen, erlitt ich einen Rückfall. Ich konnte ihn mir nicht erklären. Klar, verläuft Heilung nicht linear. Zwei Schritte vorwärts, einen zurück. Das aber war ein doppelter Rittberger rückwärts. Und fühlte mich elend wie an jenem Tag nach seiner Wahl zum Gemeindepräsidenten.

Dabei war alles ganz ruhig.
Am stillen See Vänern.
Ein Tag wie der andere.
Meine Pinselstriche klar und klärend.
Und erholte mich zusehends.

Zweimal die Woche nahm ich den Weg ins Dorf unter die Füsse. Mit geschultertem Rucksack für frische Lebensmittel und die eingegangene Post. Eine knappe Stunde durch den Wald und an andern Blockhütten vorbei. Eine idyllische, kurze Wanderung, die meine Arbeit angenehm unterbrach und mir die eine oder andere willkommene Begegnung bescherte.

In der roten Hütte, wenige Meter vor dem Dorf, wohnte ein blonder Hüne. Seit ein paar Wochen sprachen wir miteinander, wenn ich vorbeiging. Zufälligerweise war er immer draussen. Flickte das Dach, die Rinne, den Zaun. Er war Witwer. Und gut aussehend.

Einmal tranken wir Kaffee zusammen. Er verlor nicht viele Worte: Seine Kinder waren flügge, wohnten in Stockholm. Kamen ihn jeweils in den Sommerferien besuchen. Dann gabs Trubel und Rambazamba, was Arne sehr schätzte. Weil er danach wieder fünfzig Wochen lang seine Ruhe hatte. Es sei nicht einfach für einen leisen Menschen wie ihn, in dieser lauten Welt zu bestehen. Hatte deshalb vor fünf Jahren Lärm gegen Stille getauscht und war hierher gezogen. Die beste Entscheidung, die er je getroffen habe, wie er schmunzelnd preisgab.

Ich lud ihn zu mir ein, als ich an jenem Morgen an seinem Garten vorbeiging. Er sass auf dem Dach und hämmerte. Er freute sich und rief, er bringe am Abend den Fisch mit, den er am Nachmittag fangen würde.

Er hielt Wort und kam mit einem riesigen Zander an. Wir zerlegten und brieten ihn gemeinsam, und im Hintergrund sang Van Morrison «Hymns to the Silence». Tranken Weisswein und assen, in Decken eingewickelt, auf der Veranda. Öffneten eine zweite Flasche und sahen zu, wie die nordische Sonne pompös im See von Vänern versank.

An der Kulisse konnte es wahrlich nicht liegen.
An den Beilagen auch nicht.
Und blieb trotzdem seltsam unberührt.

Obwohl der frische Fisch vorzüglich schmeckte. Und der Blonde da an meinem Tisch mehr als nur passabel war. Und er allein, und ich allein. Beide frei, da war doch alles möglich. Da war doch Platz jetzt. Allenfalls.

Für sich einstellende Gefühle. Für ein leises Knistern vielleicht. Ein sanftes Glimmen. Welches was Grosses ankündigt. Immerhin ankündigen könnte. Sollte man doch meinen. Oder eben auch nicht.

*Und muss wissen*
*wenn ich liebe*
*dass es wirklich*
*die Liebe zu dir ist*
*und nicht nur*
*die Liebe zur Liebe zu dir*
*und dass ich nicht*
*eigentlich*
*etwas Uneigentliches will.*

Und erwischte mich an diesem Abend selber beim Bescheissen. Das Uneigentliche wollend. Von diesem Hünen in der Hütte. Und war dabei noch immer voller Begierde für den andern. Wie ich mir nun eingestand, eingestehen musste, wohl oder übel. Dass ich kein bisschen über den Herrn Gemeinde-präsidenten hinweg. Als hätte Amor die Pfeile verwechselt, aufs Neue, gleich eben. Und als wäre meine grosse Liebe erst eben gesenkten Hauptes aus meinem Atelier geschlichen. Vor einer einzigen Sekunde nur.

Und hatte doch den aufrichtigen Willen gehabt, mich neu zu verlieben. In einen, der passte. Und nicht festhalten wollen, an einem der mich nicht wollte. Und hing gleichwohl fest. An dem, der mir nicht guttat. Zappelnd und mich windend am Haken, wie Arnes Zander vor ein paar Stunden.

Und würde selber bald gefressen sein.
Wenn das so weiterging.
Von diesem Monster Liebeskummer.
Welch unglaublicher Schlamassel.
Inmitten des Paradieses am See.

Und flirtete mit Arne.
Grad extra und zum Trotz.
Liess mich von ihm zum Mittagessen einladen.
«Morgen oder übermorgen?»
«Morgen passt gut.»

# Aber solange ich atme

## Teil III

*Aber solange ich atme*
*will ich*
*wenn ich den Atem*
*anhalte*
*deinen Atem*
*noch spüren*
*in mir*

Da war er wieder: der Fried im Kopf. Unser Fried. Mit seinem hartnäckigen Flüstern von der Liebe. Dabei hatte er mich in Ruhe gelassen. Zeit heilt alle Wunden. Diese Binsenweisheit schien auch für mich zu gelten. Und hatte begonnen, meine Entscheidung zu begrüssen. Es lebe die vorausschauende Vernunft. Hätte ich mich doch beinahe verwickeln lassen in die unergründlichen Machenschaften der Liebe. Mich hinreissen lassen. Gottlob mit letzter Kraft die Notbremse gezogen. Und jetzt wieder in sicherer Spur fahrend. Engagiert auf allen Kanälen. Ein Gemeinde-präsident mit festem Schritt.

Bis die Gedichte wieder laut wurden. Und nicht zum Schweigen zu bringen waren. Hundertmal am Tag und mehr. *Was es ist*. Wie ein aufsässiges Mantra. Sie anfänglich zu verscheuchen suchte. Und mich vor ihnen zu verstecken. Und ich irgendwann aufgab und dem Fried nachgab. Mir endlich eingestand, dass ich noch

47

immer nicht überm Berg. Und alles andere Selbstbetrug. Weil ihr wieder der erste Gedanke beim Aufwachen und der letzte vorm Einschlafen galt. Und des Narren Leid akut und brennend wie in der allerersten Zeit nach ihrem Verschwinden.

Und nicht anders konnte, als sie zu suchen und zu finden. Was keine Kunst war. Obwohl ihre Handynummer nicht mehr in Betrieb und ihre Mail-Adresse ungültig. Ihre Schwester liess sich breitschlagen, nach einigem Zögern. Nannte mir wenigstens das Postfach in Filsbäck. Sie leere es zweimal die Woche und hoffe jetzt mal, dass es okay sei, wenn ich ihr dort eine Nachricht hinterliesse.

An einen schwedischen See war sie also gezogen. Hatte unsern Tagtraum wahr gemacht.
Allein.
Hut ab.
Ohne mich.
Mausbeinallein.
Die mutige Frau.
Oder halt...
... oh nein...
... das durfte nicht sein...
... vielleicht mit einem Andern.

Wie auch immer, wer auch immer.
Ich musste sie wiedersehen.
Musste wissen, was Sache ist.
Sagte für kommende Woche eine Geschäftsreise an.
Nach Skandinavien.
Dringend und unaufschiebbar.

Packte den kleinen Koffer und meldete mich am Montagmorgen ab.

Und meine Frau wollte noch nicht mal wissen, wohin die Reise denn ging.

Stieg voller Ungeduld ins Flugzeug. Warum wohl ausgerechnet Filsbäck, östlich von Lidköping? Sagte mir beides nichts. Musste mich auf einer Karte schlau machen. Am Ende der Welt war das. Sicher hätte sich auch eine nähere Hütte gefunden. Aber nein, natürlich. Es sollte weit weg sein. Weit weg von allem, und vor allem von mir. Und liess mich zur Strafe von einem schwedischen Bus unsanft durch die Gegend rütteln.

Vielleicht schlug sie mir die Türe vor der Nase zu.
Möglicherweise traute sie ihren Augen nicht und hielt mich für verrückt.
Günstigstenfalls aber fiel sie mir vor Freude um den Hals.

Ging die letzten Kilometer frierend und fluchend zu Fuss. Hoffte auf das Glück, keinem Bären zu begegnen. Sah das Häuschen und das Licht und hörte mein Herz hämmern.

Kam näher und klopfte an die Tür.
Die sich öffnete.
Ein Hüne erschien im Türrahmen.
Das Glas in der Hand und sie im Arm.
Aus welchem sie sich rasch befreite.

Und mich reinbat.
Notgedrungen.

Und somit in der Stube standen.

Zu dritt. Sie und ich und dieser zu gross geratene Holzfäller. Der sie unverschämt im Arm gehalten hatte. Als
wäre sie nicht meine, sondern seine Frau.

Und im Hintergrund flackerte gefällig ein Feuer im Kamin.

# Der Weg zu dir

## Teil I

Eine absolut unmögliche Situation war das: er hier. In meiner Hütte. Und Arne neben ihm. Ahnungslos, der Arme. *Die Kilometer haben Beine bekommen.* Anders war es nicht zu erklären. Dass er einfach dastand, als trennten uns nicht fast zweitausend Kilometer und tausend ungeklärte Kleinigkeiten. Arne fasste sich als Erster. Sagte, er habe noch eine Treppe zu zimmern. Daheim in seiner Stube. Und war dann schnell weg.

Und ich sehr wütend. Nicht auf Arne, auf ihn. Und auf seine Dreistigkeit: ungefragt und unangekündigt an die Türe meiner Hütte zu klopfen. Und zurück in mein Leben zu marschieren. Als wärs das Normalste der Welt, und er nicht vor Monaten mit schlechtem Gewissen eiligst aus diesem verschwunden. Stand wie selbstverständlich vor mir, als sei ich seine Leibeigene und ihm somit zur Verfügung stehend. Jederzeit, an jedem Ort. Sogar hier am See von Lidköping. An meinem See. Weil ihn gerade eben mal die Sehnsucht gepackt hatte. Und er sich deshalb auf Liebesreise begab. Mit leichtem Gepäck, damit er gegebenenfalls wieder so schnell abreisen konnte, wie er angereist war.

Fühlte erst jetzt die Kränkung von damals.
Ihre ganze Wucht.
Begann vor Wut zu kochen.
Hatte mich nicht mehr unter Kontrolle.

Wusste nicht, wie mir geschah.

Und langte ihm eine.

Meine Güte.

*Und hörst du mein Herz klopfen lauter als mein Stock?*

Was ihn einigermassen verblüffte.

Wie er sagte. Und mich fragte, ob er sich setzen dürfe.

Sassen uns gegenüber. War kaum auszuhalten, diese Nähe. Stand deshalb wieder auf und legte Holz nach. Wartete, dass er sein Kommen erklärte. War ja sonst auch nicht aufs Maul gefallen der Herr Lokalpolitiker. Nur jetzt stumm wie ein Fisch mit zwei Glubschaugen. Und ich dachte, er schaut drein, wie der Zander in der Pfanne vor ein paar Tagen.

Und blieb weiterhin wortlos. Unglaublich. Und je anhaltender sein Schweigen, desto heftiger mein Zorn. Der sich endlich gehässig entlud: «Hier ist keine Politik zu machen und keine Strasse, um einen Bentley zur Schau zu fahren. Nur Stille. Und Menschen, die sich davor nicht fürchten. Nichts für Feiglinge, diese Gegend. Solche wie du halten meistens keine vierundzwanzig Stunden durch. Weil die Bären sie schon in der ersten Nacht fressen. So ist das. Und deshalb ist es besser, wenn du gleich wieder gehst. Zur Tür hinaus und weg. Zurück zu Heim, Herd und heiler Welt.»

Da endlich formten sich ihm ein paar verteidigende Worte: dass er sich die Situation selber nicht erklären könne. Wie von der Tarantel gestochen und fremd-gesteuert hierher gereist sei. Heute Morgen, als hätte ihn Amor mitten ins Herz getroffen. So wie damals an der

Klassenzusammenkunft. Nur tiefer. Aber er wolle natürlich nicht anmassend sein. Auf keinen Fall. Im Gegenteil, er sei sich der Absurdität seines Besuches bewusst. Voll und ganz. Jetzt, da er wieder klar denken könne. Oder immerhin nahezu.

Und ich dachte, seltsam.
Der Pfeil.
Der Rückfall.
Der stechende Schmerz.
Aus dem Nichts.
Bei beiden.

Und begann mich zu fragen, ob sich hier vielleicht jemand unserer Herzen bediente. Heimlich. Mit uns spielte, und mit Pfeilen hantierte, und uns deshalb schon wieder zu Deppen gemacht hatte. Ach was! So ein Unsinn. All die Geschichten. Von bewaffneten Engeln und pausbäckigen Himmelsboten im Adamskostüm. Zum Lachen. Ein nettes Bild allenfalls. Und ein Versuch, das Durcheinander der Hormone zu erklären. Auf heitere Weise. Nicht mehr und nicht weniger. Und wer daran glaubt, ist selber schuld. Oder eben verzweifelt.

Und beschloss, nichts davon zu erzählen. Kein Sterbenswörtchen zu verraten. Über meine Genesung und das Rezidiv aus heiterem Himmel. Abzulenken stattdessen und ihn nach seinen Plänen zu fragen. Ihm demonstrieren, dass es mir gut ging. Ich stark und autonom war und niemanden brauchte. Niemand vermisste. Ihn am allerwenigsten und zuletzt.

Und er bereitwillig Rede und Antwort stand, langsam wieder zur alten Form auflaufend. Über diese Woche Urlaub, die er sich nun mal genommen habe. Aus welchen absurden Gründen auch immer. Das Zusammenleben mit mir somit gern ausprobieren wolle. Und geniessen. Wenn doch schon da. Die Gelegenheit so passend. Und danach weitersehen. Das Leben leben lassen. Carpe diem. Bla bla bla, und was ich denn davon hielte?

Nun, ich hielt nichts davon. Gar nichts. Wollte sich hier einquartieren. Dieser Halunke. Und Probe lieben. Im Zweifelsfall die Ware am See stornieren. Und zurück nach Hause reisen.

Begann wieder zu kochen und sagte, es tue mir leid.
Wirklich leid.
Aber Arne sei mein Partner.
Doppelte nach: meine neue Liebe. Grosse Liebe. Gigantische Liebe.
Sprach abermals mein Bedauern aus.
War aufrichtig gelogen.
Und das mit uns sei abgeschlossen.
Ein für alle Mal.
Da meine Gefühle erloschen, damals mit dem letzten Schlüsseldrehen in meinem Atelier.
Und wünschte ihm eine gute Heimreise und auch ansonsten von allem nur das Beste.

# Der Weg zu dir

## Teil II

Irgendwie hab ichs ins Dorf zurückgeschafft. Unterwegs sah ich den Holzfäller. Der jetzt ihr Mann war. Durfte nicht darüber nachdenken. Wie sie zusammen schliefen. Fisch assen und gemeinsam alt wurden. Ging als Nullnummer an ihm vorbei. Er stand auf einer Leiter, die an einen Baum lehnte. Schnitt Äste, schaute auf mich herab. Und sagten beide keinen Ton.

Den letzten Bus zurück in die Stadt hatte ich verpasst. Also nächtigte ich im einzigen Hotel des Kaffs.

*Die sieben Meilen haben Stiefel bekommen.*
*Die Stiefel laufen alle davon zu dir.*
*Ich will ihnen nachlaufen, da stützt mein Herz sich auf meinen*
*geschnitzten Stock*
*und hüpft*
*und hüpft ausser Atem*
*den ganzen Weg bis zu dir hin.*

Lag auf dem muffigen Bett des schäbigen Zimmers. Alles nichts genützt. Konnte nur hoffen, dass der Fried irgendwann Ruhe gab, und ich irgendwann Ruhe fand. Und musste derweil wohl von vorne beginnen mit dieser beschissenen Loslasserei. Den ganzen Herzschmerz zum zweiten Mal durchleben. Schrecklich war das, und ich wie betäubt. War leer und mutlos und überflüssig in meinem eigenen Leben.

Landete am späten Nachmittag des darauffolgenden Tages wieder in Zürich. Stieg in meinen Bentley und fuhr nach Hause. Wurde mir bewusst, dass ich mein Kommen nicht angekündigt hatte. Meine Frau erwartete mich erst in fünf Tagen. Kein Problem: Der Kunde hatte das Geschäft platzen lassen. So was kommt vor. Die Schweden sind schwierige Verhandlungspartner. Ich hielt bei einem Blumengeschäft, kaufte Rosen. Keine roten, immerhin. Ein Heuchlerbesen blieb es allemal.

Wunderte mich über den BMW in unserer Auffahrt. Fand die Türe zum Haus unverschlossen. Rief den Namen meiner Frau. Die nicht antwortete. Sah Herrenschuhe im Flur. Sportliches Modell. Und hatte eine jähe Ahnung. Liess den Film teilnahmslos ablaufen. Sah mir ungerührt zu: wie ich durch den Gang in die Wohnstube ging. Und weiter nach oben in den ersten Stock. Erst Gekicher hörte, dann Gestöhne. Mich fragte, weshalb es aus meinem Zimmer klang. Und nicht aus dem meiner Frau. Die Türe aufstiess. Und sie sah zusammen. Splitterfasernackt. Unter meinen Olivenbäumen.

War erbost und empört. Nicht, weil sie es miteinander trieben in meinem Bett. Sondern weil sie es unter meinen Olivenbäumen taten. Unverfroren, als wären es die ihrigen. Und sich in meinem Mondlicht räkelten. Schamlos. An meinem heiligen Ort. Von ihr gemalt. Ich trat in das Zimmer, ging zu dem Bild. Vermied den Blickkontakt mit den Nackten darunter. Nahm das Bild von der Wand. Und verliess im Schutz der Bäume den Raum.

Zog die Tür hinter mir zu. Ging nach unten. Stellte die Rosen in eine Vase, wässerte sie. Konnten schliesslich nichts dafür. Packte das Bild in den Kofferraum meines Autos. Stieg ein und fuhr an den Fluss. Staunte über meine Frau. Die so monogam tickte. Oder getickt hatte. Dass sie jeden Ehebrecher am liebsten gesteinigt und gelyncht hätte. Und die ich nun in flagranti erwischt hatte. Mit ihrem Tennislehrer. Der so perfekt zu dem schnellen BMW passte, der in der Auffahrt auf ihn wartete. Und natürlich zu den schnittigen Schuhen im Eingang.

Versuchte mich zu erinnern, wann ich selber das letzte Mal mit meiner Frau geschlafen hatte. Wusste es nur zu genau. Fragte mich weiter, wie oft die beiden sich wohl schon zusammen vergnügt hatten. War mir egal. Eigentlich. Aber nicht unter meinen Bäumen. Das nicht. Nie mehr. Ging den ganzen Vormittag dem Fluss entlang. Wie ferngesteuert. Derweil in mir die Erde bebte.

Weinen oder lachen.
Beides angebracht.
Dachte an sie. Die jetzt am Ufer eines andern Wassers ging. Mit Arne im Arm.
Dachte an meine Frau und ihren Liebhaber.
Und an die leere Wand.
Weinte, lachte, ging stillen Schrittes.
Wusste: Ich war Teil dieses Tanzes.
Die Musik jetzt verstummt.
Und ich allein.

Bezog am selben Abend die Einzimmerwohnung in der

Stadt.

Und hatte dabei noch nicht mal Aussicht auf eine Fata Morgana. Sah nur an die Wand des gegenüberliegenden Wohnblocks. Die Olivenbäume blieben im Kofferraum. Die Geschäfte übergab ich bis auf Weiteres meinem Stellvertreter. Das Amt des Gemeindepräsidenten legte ich nieder, weil das Burn-out in Form von nackten Tatsachen zurückgekehrt.

Dies die offizielle Version für die Gemeinde. Natürlich wollte meine Frau alles wieder gutmachen. Damit war zu rechnen gewesen. Weniger wegen mir als Person als wegen der ganzen Annehmlichkeiten um mich herum. Und wegen des Geredes natürlich. Welches sie berechtigterweise am meisten fürchtete.

Ich nahm mir einen Anwalt. Kämpfte defensiv und erreichte, dass wir alle gut wegkamen: Meine Ex-Frau blieb mit den Kindern im Haus wohnen. Keine Ahnung, was sie ihrem Umfeld erzählt hatte. Ich wurde jedenfalls weiterhin freundlich gegrüsst im Dorf, wenn ich die Kinder besuchte. Zu meinen Ungunsten wars offensichtlich nicht. Die Wahrheit wohl auch nicht. Zumindest nicht ganz. Der Tennislehrer blieb dem Club der Gemeinde jedenfalls erhalten. Und mir blieb die gute Beziehung zu meinen Kindern.

All das, was mir ein Jahr zuvor als unmöglich erschien, war nun geschehen, ganz von selber.
Ohne mein Zutun.
Und war somit frei für die Hütte.
Die mittlerweile jedoch mit einem andern bestückt.

# Der Weg zu dir

## Teil III


*Nach jedem Sprung fällt es auf die Wirklichkeit.* Die für mich jetzt alles andere als rosig aussah. Wahrscheinlich hatte ich den allerletzten Pfeil in meinem ganzen Engelsleben abgeschossen. Es wurde eng für mich, jetzt, da der Rat von meinem Alleinflug erfahren hatte. Und mit Argusaugen verfolgte, was mit den Getroffenen geschah. Ich war mir sicher anfänglich. Diesmal klappte es. Beobachtete das Geschehen von meiner Wolke aus:

Entspannt und unbekümmert zu Beginn.
Angespannt und sorgenvoll zunehmend.
Ungläubig und fassungslos am Ende.


*Jedes Mal wenn es fällt*
*Schlägt es auf*
*wie mein Stock auf die Stufen*
*Hörst du ihn klopfen?*


Sie waren nicht zusammengekommen.
Trotz allem.
An mir konnte das nicht liegen.
Mein Fehler war das nicht.
Diesmal hatte ich saubere Arbeit verrichtet.
Ich bin fürs Treffen verantwortlich.
Nicht fürs Therapieren menschlicher Neurosen.
Den beiden war einfach nicht zu helfen.

Noch nicht mal mit einem Supertreffer mitten ins Herz.

Der Rat sah das anders: nannte mich selbstherrlich und eigenmächtig. Stellte mich vor ein Schnellgericht. Und sprach mich gleichentags schuldig im Sinne der Anklage.

# Was es ist

## Teil IV

Ich fasste die Höchststrafe.

Und hatte den mir anvertrauten Kranken bis zu seinem Übertritt ins ewige Licht zu begleiten. Nun, der Patient war gerade mal zweiunddreissig Jahre alt und hatte einen Schnupfen. War ansonsten kerngesund und dem Leben, wenn ihn keine verstopfte Nase plagte, durchwegs zugeneigt. Bis zu seinem Ableben konnten also locker sechzig Menschenjahre oder mehr vergehen. Ohne Eile. Ticktack, ticktack. Eine Ewigkeit war das. Ich hatte wahrlich wenig Bock auf diesen Langzeitjob. Aber das Urteil war gefällt und würde vollzogen. Ob mir das passte oder nicht.

So sass ich auf der Bettkante des Niesenden und sah auf seine triefende Nase. Wurde bald von Selbstmitleid befallen, wie der Patient selbst. Nur hatte ich guten Grund dazu. Sollte er sich doch selber leid tun. Eine Erkältung dauert sieben Tage. Mit und ohne Medikamente. Mit und ohne Engel. Aber meine Strafzeit dauerte unter Umständen sechs endlos lange Jahrzehnte.

Überliess ihn seinen Viren und flog zum Fenster. Schaute sehnsüchtig nach draussen. Auf die Strasse und auf die Gesunden, die geschäftig auf und ab gingen. Die man so leicht hätte verwirren können. Mit Pfeil und Bogen. Wären mir nicht beide abgenommen worden. Sicherheitshalber. Ein entwaffneter Amor. Von den Idioten im Rat, die jedes Risiko scheuten. Wegen eines einzigen Fehlers. Was ist das schon, ein einmaliger Ausrutscher? Im Vergleich zu allen Erfolgen und zu all jenen, die ich zusammengeführt hatte. So dachte ich. Die ersten drei Tage lang am Fenster des mir zugeteilten Menschen sitzend.

Bis am vierten Tag etwas Sonderbares geschah: Ich wurde unsicher. Begann mich und mein Können in Frage zu stellen. Fing an zu hadern. Mit mir selber. Und mit meinem Misserfolg. Zweimal ins Schwarze getroffen und trotzdem nicht geklappt. Warum, wieso weshalb? War ich vielleicht doch zu weit gegangen? Doch nicht so gut, wie immer geglaubt? War mein Selbstvertrauen am Ende nichts als simpel kaschierte Selbstüberschätzung? All die siegessicheren Jahre lang. Ein unangenehmer Verdacht war das. Und flog zurück aufs Bett des Kranken. Der noch immer röchelte, als wärs Tag eins. Ihm aus Mitgefühl ein bisschen Engelsluft zufächelte. Und ihn somit frei atmen liess, ein paar Minuten lang. Seine Erleichterung sah, ja seine Glückseligkeit wegen dieses Quäntchens Luft. Und mich ein klein wenig freute. Über solch eine Belanglosigkeit mit ihm zusammen.

Und mich weiter fragte, ob wohl auch die Macht von uns Engeln beschränkt. Egal, wie begabt, egal, wie versiert. Kam an Tag fünf zur Erkenntnis, dass es so wohl sein musste. *Es ist aussichtslos, sagt die Erkenntnis.* Und begann mich damit abzufinden. Gezwungenermassen. Gescheitert zu sein. Begann zu akzeptieren. Dass hingefallen. Jawohl. Versagt. Das Engelsgesicht voll im

Dreck. Kann passieren. Auch mir. Und würde jetzt
wieder aufstehen. Flügel zurechtbiegen und weiterflie-
gen. Zur Not halt als Gesundheitsengel.

Und befreite meinen Schutzbefohlenen an Tag sechs
von seiner roten Nase.
Folgte ihm unauffällig durch den Alltag.
Hielt hier eine Grippe von ihm fern. Bewahrte ihn dort
vor einem Unfall.

Sah neidvoll zu, wie ein Kollege vom Liebesamt zu-
schlug.
Einen super Job machte.
Der von mir hätte sein können.
Mit seinem Pfeil und Bogen.
Jeder Schuss ein Treffer.
Und hatte dank ihm nach zwei Schüssen zwei Schutz-
befohlene.

Geleitete die Getroffenen durch die Turbulenzen der
Verliebtheit.
Liess jeden Streit von ihnen mit einer Versöhnung en-
den.
Beschützte sie am Hochzeitstag vor Salmonellen in der
Hochzeitstorte.
Und sicherte ihnen dadurch eine vergnügliche Hoch-
zeitsnacht.
War neun Monate Tag und Nacht zur Stelle.
Liess das Ungeborene nicht eine Sekunde aus den Au-
gen.
Spielte unsichtbare Hebamme am Tag der Geburt.
Stand da mit Stolz geschwellter Brust und feuchten Au-
gen.

Zusammen mit dem Vater im Gebärsaal.
Wollte das Kind gern küssen und knuddeln.
Wollte gern Mensch sein.
In diesem Moment.

Aber eben.

War Engel.
Ein Gesundheitsengel.
Mit einem Knochenjob.
Und keine Zeit für Rührseligkeiten.
Jetzt, wo das Kind geboren erst recht nicht.
Drei Schutzbefohlene.
Von früh bis spät.
Die Nacht hindurch und nie mal Pause.
Alle Flügel voll zu tun.

Und dabei meine ursprüngliche Absicht, leidend und
elend die Ewigkeit abzuhocken, komplett vergessend.

# Was es ist

## Teil V

Arne und ich haben es zwei Jahre lang miteinander versucht. Dann haben wir uns ergeben und aufgegeben. Uns getrennt im gegenseitigen Einvernehmen. Weil es einfach nicht mehr werden wollte. Als Freundschaft. Was viel ist. Aus dem Blickwinkel der Freundschaft besehen. Und wenig aus der Perspektive der Liebe betrachtet. Wie uns irgendwann klar wurde. Als wir aufhörten zu warten. Auf das sich vielleicht doch noch einstellende Wunder. Und von da an nicht mehr zusammen schliefen. Und die Fische weiterhin gemeinsam brieten. Zumindest ab und zu.

Und natürlich dachte ich noch immer an ihn. Fragte mich manchmal, ob ich ihm schreiben sollte. Und ob er wohl wieder als Gemeindepräsident kandidiert hatte. *Es ist Unsinn, sagt die Vernunft.* Und malte mich weiterhin durch mein stilles Leben, ohne mich bei ihm zu melden.

Der See bekam mir gut. Die Ruhe, die Jahreszeiten. Auch ohne ihn. Ich arbeitete viel und von hoher Qualität, wie Kunstexperten meinten. Die Galeristen gaben sich die Klinke meiner Holztüre in die Hand. Und immer wieder fand die Presse zu meiner abgelegenen Hütte. Die Fotografen knipsten meine Staffelei. Den Steg im Hintergrund kunstvoll inszeniert, und die Journalisten hielten Interviews mit mir ab.

Wenn ich das Gedruckte später las, staunte ich. Was mir so alles in den Mund gelegt wurde. Abgehobene Künstlerin. Naturnahes Genie. Bodenständiges Landmädchen. Meine Wenigkeit schien sehr variabel und ganz nach Geschmack und Gutdünken des jeweiligen Journalisten formbar. Machte mich schmunzeln und kümmerte mich wenig.

Bei den Porträts von mir jedoch war ich wählerisch. Liess keines durchgehen, welches mir nicht passte. Oder mich allenfalls in einem schlechten Licht zeigte. Die Bilder konnten überall landen. Und mit Bestimmtheit im Netz. Und vielleicht schaute er sich noch Fotos von mir an. Sicher machte er das. Und sollte mich dabei keinesfalls unschön gealtert vorfinden. Im Gegenteil: Makellos wollte ich sein. Zumindest auf den Bildern. Attraktiv und begehrenswert auf Lebzeiten. Eine schwedische Göttin. Und das Wasser würde ihm im Munde zusammenlaufen. Und das Herz bluten vor Reue. Recht ordentlich und ebenso lebenslang.

Mir selber verbot ich Recherchen jeglicher Art über ihn. Hoffend, dass das Anhaften aufhörte, wenn ich es nur genügend ignorierte.
Irgendwann vielleicht doch noch.

War zum Glück nicht einsam.
Dank dem See und der Malerei.
Obwohl das mit Arne zu Ende.
Und dem Streuner, der mir im ersten Winter zugelaufen war.

Im Dorf erzählte man sich, er sei dem Bauern Svensson

abgehauen. Weil der ihn hatte erschiessen wollen. Das Tier sei schlau und mit einem sechsten Sinn ausgestattet. Habe sich rechtzeitig auf und davon gemacht, nicht ohne zuvor noch ein Huhn aus dem Stall zu stehlen. Und der Alte habe seine Flinte schimpfend und unverrichteter Dinge wieder verstauen müssen. Aber die Dorfbewohner waren allesamt eifrige Geschichtenerzähler. Und der Bauer Svensson schwor Stein und Bein, dass er für nichts und niemanden eine Kugel vergeuden würde. Ausser für seine Schweine, wenn sie fett genug. Und einen dreisten Einbrecher, allenfalls.

Woher der Hund tatsächlich kam, blieb im Dunkeln. Auf jeden Fall hatte er sich mich als neues Rudel ausgesucht. Wenigstens zeitweise. Verschwand manchmal zwei, drei Tage. Ein veritabler Vagabund. Um sich danach auf meinem Bett auszuruhen. Oder sich einen schmerzenden Dorn aus der Pfote ziehen zu lassen. Und ich dachte, das passt, noch nicht mal der Hund ist mir treu. Und war gleichzeitig erleichtert darüber.

Und dann kam die Anfrage aus Zürich. Die Galerie war namhaft und ich geschmeichelt. Würde die Reise antreten. Obwohl ich keine Lust auf die Kunstszene hatte. Auf ein Wiedersehen mit ihm jedoch sehr wohl. Falls es sich denn ergeben sollte. Ein inständiger Wunsch, den ich selbstverständlich nie zugegeben hätte. Am allerwenigsten vor mir selber.

Wer aber würde zu dem Hund schauen? Arne versprach mir, Fisch und Fleisch mit ihm zu teilen. So er denn vom Jagdglück begünstigt und der Vierbeiner überhaupt seine Gesellschaft suche.

Bevor ich flog, liess ich mir bei Agnetha ein Kleid schneidern. Schwarz und simpel. Sah gut aus darin. Vielleicht auch, weil man so selten ein Abendkleid zu Gesicht bekam in Filsbäck. Agnetha fand, wir Frauen sollten in Zukunft mehr Kleider tragen. Statt dieser Landmode. Jahrein. Jahraus. Dann schauten wir aus dem Fenster und auf die Felder und die Waldwege und lachten.

Ich verabschiedete mich von Arne und dem Hund. «Lieber Du als ich», stöhnte Arne. «Es wird furchtbar werden in der Stadt. Laut und hektisch und voller Eitelkeiten. »
Pflichtete ihm wortlos bei.
Liess den Hund mein Gesicht lecken.
Und machte mich auf den Weg.

# Was es ist

## Teil VI

Ich wusste, dass wir uns wiedersehen würden.

Von dem Moment an, als ich den Artikel las. Ich googelte sie jeden Tag. Ein lieb gewordenes Ritual. Nach dem Frühstücken und vor dem Zähneputzen. Sah mir dabei jeweils lange die neusten Fotos von ihr an. Genoss es, sie anzuschauen. Manchmal, je nach eigener Gemütslage, suchte ich nach Spuren der Verbitterung oder zumindest der Verdrossenheit in ihrem Gesicht. Und fand keine. Sie sah noch immer toll aus, ehrlich. Natürlich und entspannt. Meine Stute. Und ich kam einfach nicht von ihr los.

Ich hatte versucht, sie zu vergessen. Dauernd und rund um die Uhr. Hatte dabei nichts ausgelassen. Mich mit andern Frauen getroffen. Vielen Frauen. Den Traum jedes mittelalten Mannes gelebt und aus dem Vollen geschöpft. Mich gleichsam gerächt an ihr. Und an meiner Frau. An beiden, jawohl. Es war mir nach Rache, eine Zeit lang. Blieb gänzlich unberührt bei meinen Eroberungen. Und hörte deshalb wieder damit auf.

*Es ist aussichtslos, sagt die Erkenntnis.* Und trotzdem bekam ich sie nicht aus dem Kopf, und schon gar nicht aus dem Herzen. Wo sie noch immer wie selbstverständlich auf dem Thron sass. Konkurrenzlos, absolut. Egal, was ich anstellte, um sie von ihm zu stürzen.

69

Und nun diese Ausstellung ihrer neusten Werke im «Arte»: Licht und Schatten des Nordens. Kein Mensch wusste, ob sie zur Vernissage erscheinen würde oder nicht. Es hiess, sie sei menschenscheu und schwierig. Um eine Einladung zu ergattern, musste ich mich ziemlich ins Zeug legen. Die Aktien meines Namens waren beträchtlich gefallen. Man ist schnell weg vom VIP-Fenster und gerät in Vergessenheit. Und mein Stellvertreter hatte ein geschicktes Händchen und die Geschäfte liefen gut, auch ohne mein Zutun. Man vermisste mich nicht.

Und ich vermisste die Geschäfte nicht. Und nicht die Leute drumherum. Mir war schlichtweg die Neugier auf Gewinn, Gewimmel und Gewühle abhanden gekommen. Interessierte mich nicht mehr für die Welt da draussen. Wollte lieber lesen. All die Jahre nachlesen, die ich verschlafen. Stieg mit Frisch wieder ein. Kaufte mir in einem Antiquariat eine gesammelte Werkeausgabe. Wechselte anschliessend zu Sartre, Beauvoir, Hemingway. Diskutierte abends mit rauchenden und trinkenden Studenten. In irgendeiner Knille. Als gings um Leben und Tod. Und schwankte anschliessend in meine Einzimmerwohnung zurück. Oder sass unter unseren Olivenbäumen. Die ich aus dem Kofferraum befreit, und ins Zimmer geholt hatte. Und die jetzt über dem geliehenen Bett hingen. Sinnierte, meditierte und trank Wein darunter. Amarone. Barolo. Stundenlang. Und staunte, aus wie vielen Augenblicken ein einziger Tag bestand.

Kochte auch manchmal. Alles frisch zubereitet und der Saison angepasst. Ging zweimal die Woche in einen

Yoga-Kurs. Einziger Mann in der Gruppe und schlief ein paar Mal mit der Lehrerin. Die jedoch meinte, sie sei zu weit fortgeschritten. Auf dem Lebensweg. Für einen Anfänger wie mich. Was mich erleichterte. Und mich Yoga weiter praktizieren liess. Daheim. In meinem Zimmer. Den Blick wieder auf meine Bäume gerichtet. Und die Zeit gleichmütig verstreichen lassend. Tage, Wochen, Monate.

Und jetzt die Aussicht auf ein Wiedersehen mit ihr.

*Es ist leichtsinnig, sagt die Vorsicht.*
Sollte die Vorsicht doch labern.
Von mir aus konnte sie sogar schreien.
So laut sie wollte.
Ich würde nicht auf sie hören.
Denn Leichtsinn war längst ein Teil meines Lebens geworden.
Glücklicherweise.

# Was es ist

## Finale

Wie es sich für ein Finale gehört, sind alle Hauptfiguren
anwesend:
Die Frau
Der Mann
Der Engel. Trifft allerdings leicht verspätet ein, weil
vom Rat erst in letzter Minute begnadigt und über die
Festivitäten informiert.

Natürlich steht die Frau bereit, als der Galerist die Tü-
ren öffnet. Steht lächelnd da. In ihrem schwarzen Kleid
von Agnetha. Welches, dank seiner Schlichtheit, den
Gepflogenheiten der Stadt angepasst. Schwer nach De-
signerkleid aussieht. Und nicht im Geringsten nach
Provinzschneiderei Filsbäck. Steht mitten im Raum
und inmitten der Schönen, Reichen und Wichtigen.
Und nicht zu vergessen: inmitten ihrer Kunstwerke.
Und selbstverständlich sieht die Frau gut aus. Nein,
mehr als das: Sie sieht umwerfend gut aus. Zum An-
beissen. Und sympathisch über alle Massen. Dazu stark
und zerbrechlich in einem. Das ist wichtig beim Finale.
Denn nicht nur der Protagonist muss überzeugt sein,
dass sie die einzig Richtige ist. Nein, auch die Leser
müssen sich sicher sein, dass es eine passendere Heldin
als sie nicht gibt.

Sie steht also da, das Kleid sitzt perfekt und sie ist es

auch. Zumindest äusserlich. Denn innerlich siehts anders aus, auch das ist Teil der Geschichte und gehört somit zu ihrem Höhepunkt: Die Protagonistin ist nervös und fahrig und inständigst auf den Protagonisten wartend. Und natürlich weiss sie nicht, ob er kommen wird. Und die Lesenden wissen es auch nicht. Und eigentlich weiss man es doch, oder hofft es zumindest eindringlich. Denn wenn er jetzt nicht kommt, ist die Geschichte zu Ende, und dann gibt es keine Schlaufe und keinen Schlenker mehr. Und dem Geschehen ist nicht mehr auf die Sprünge zu helfen und somit auch nicht den Liebenden: Mann und Frau sind und bleiben allein. Und das will doch kein Mensch und kein Engel. Denn die Liebe soll Erfüllung finden. Im Andern. Egal, wie abgründig der Weg dorthin. Ansonsten ist das Leben Scheisse und die Geschichte ebenso, und der Leser bleibt frustriert zurück.

Und natürlich drängen zuerst alle andern ins Bild: Pressefritzen, Kunsthändler, Künstler, Freunde, Investoren und Hochstapler. Hochglanzmenschen, soweit das Auge reicht. Und klar sehen die alle ebenfalls blendend aus. So eine Vernissage ist eine schillernde Angelegenheit, da werden auch die Statisten gehörig geputzt und gepudert. Müssen Hände schütteln, Smalltalk führen und vor allem sehr interessiert tun. In Anzügen von Boss und Roben von Jill Sander. Und wenn gerade alles glänzt und strahlt, erscheint, na endlich der... jawohl ...der Protagonist.

Ist also da! Plot sei Dank! Aber der Held sieht leider gar nicht gut aus. Wie geteert und gefedert. Die arme Seele.

Nicht viel übrig vom strahlenden Gemeindepräsidenten. Bart am Kinn und Bier in der Hand und eine ausgebeulte Hose am Hintern. Die Krawatte selbstredend vergessen. Aber man weiss, bangt und betet, dass sie das nicht stören wird. Im Gegenteil: Es wird sie milde stimmen. Bestimmt. Dieses gefallene Häufchen Mensch. Hoffentlich. Und man liest jetzt atemlos und ohne Pause:

Wie er auf sie zugeht.
Arg verlottert, also wirklich.
Dafür selig lächelnd und leicht debil wirkend.
Verlegen stehen bleibt.
Vor der Traube aus Blitzlicht, Prunk und Gelächter.

Und wartet.

Wartet, wartet, wartet.

Schier endlos lange wartet.
Darauf, dass sie ihn erspäht.
Und er aus ihrem Blick lesen kann, wie es weitergeht.
Und sie ihm endlich in die Augen sieht.
Ihre Blicke sich treffen.
Aneinander haften bleiben.
Und beide alles wissen. In einer einzigen Sekunde:

*Es ist was es ist, sagt die Liebe.*

Und kein Ringen und kein Zerren mehr und der Weg unter Fanfarenklängen und Feuerwerk frei für die Liebe. Endlich und abschliessend! Und kann aufatmen und entspannen. Zusammen mit den beiden. Und mag das Finale. Findet es gut. Ist richtiggehend Fan davon. Weil es einfach gerecht ist, wenn die Liebe siegt. Natürlich und stimmig. Und man selber gleich wieder offen und heiter, und an jeglicher Art von Wundern interessiert.

Und dann setzt die Autorin noch einen obendrauf und lässt den Engel erscheinen. Ihn mit frisch gedrehten Locken in die Galerie schweben. Herausgeputzt aufs Feinste auch er und extra für diesen Anlass funkelnagelneu vergoldet.

Verspätet zwar und zu spät, um den Blick der Liebenden aufzufangen. Rechtzeitig aber, um sein Werk zu bewundern. Und rehabilitiert mittlerweile, weil so überzeugende und selbstlose Arbeit geleistet im Gesundheitsamt. Und anstelle eines Ordens Pfeil und Bogen zurückerhalten. Den es hier nicht mehr braucht. Da die Liebenden vor langer Zeit getroffen und nach tausend Irrungen und Wirrungen zusammengefunden. Was der Engel gutheisst und geschehen lässt, sich vornehm zurückhaltend. Zugleich natürlich ziemlich stolz ist, auf seine neu erworbene Demut. Und somit nebenbei noch bewiesen sei, dass selbst Engel nicht aus ihrer Haut können.

Sodann alle lesenden Glückssucher befriedigt.
Restlos.
Punkt. Aus. Ende.

Beinah.

Wären da nicht noch Arne und der Streuner.
Und auch Agnetha irgendwo.
Zurückgeblieben und übrig geblieben.
Und somit noch unterzubringen.
Und einzugliedern.
In die Geschichte.
Und die Arbeit
der Autorin also hier
noch nicht beendet.

# Der alte Mann und der Hund

## Erster und letzter Teil

Anfänglich liess sich der Streuner nicht blicken. Arne ging täglich zu ihrer Veranda und stellte ihm einen Napf mit Fleischresten hin. Dann setzte er sich daneben und wartete. Stundenlang. Arne war gut im Warten. Und er wartete nicht ungern. Weil er beim Warten nichts erwartete. Er sass und sah auf den See hinaus. Beobachtete das wechselnde Licht und das Wasser, welches mal ruhig und mal bewegt. Ob der Hund nun kam, oder nicht, war ihm einerlei. Ob es dabei dunkel und kalt wurde ebenfalls. Er hatte ihr versprochen, den Streuner zu füttern, so er dann auftauchen sollte. Und dieses Versprechen würde er halten. Auch wenn schliesslich niemand zur Mahlzeit erschien. Oder zumindest nicht der erwartete Gast. Einmal versuchte ein Fuchs, sich dem Napf zu nähern. Ein anderes Mal ein Marder. Arne verscheuchte beide. Ansonsten bewegte sich nichts. Eine ganze Woche lang nicht.

Er tauchte an dem Tag auf, als Arne die Mail von ihr erhielt. Sie schrieb, ihre Rückkehr verzögere sich. Vielleicht kommt sie nie wieder, dachte Arne. Was er bedauert hätte. Weil er sie als Freundin schätzte. Er sie auch gerne als seine Frau gehabt hätte. Vorausgesetzt, sie hätte sich auch in ihn verliebt. So wie er sich in sie. Aber das war nicht geschehen. Wegen des Typs aus der Stadt. Oder aus welchem Grund auch immer.
Der Lauf der Liebe lässt sich nicht beeinflussen. Ob das

einem nun passt oder nicht. Und ob man dagegen ankämpft oder es gleich bleiben lässt. Diese Lektion hatte Arne gelernt und begriffen. Und liess es deshalb gut sein.

Und nun stand der Hund also vor ihm: mager, struppig und hungrig. Aber aufrecht. «Ein Wolf», ging es Arne durch den Kopf. Ging furchtlos an ihm vorbei, direkt zum Napf. Verschlang sein Futter in wenigen Sekunden. Leckte sich das Maul und liess Arne nicht aus den Augen. Schnupperte in seine Richtung und ging langsam auf ihn zu. Leckte ihm das Gesicht mit seinem klebrigen und stinkenden Speichel. Völlig unerwartet. Eine Liebesgeschichte ohne Vorwarnung. Und legte sich vor Arne auf den Rücken.

Später folgte er Arne zu seiner Hütte. Liess sich in einem Bottich waschen. Schlief danach auf Arnes Bett. Und wich ihm nicht mehr von der Seite. Am nächsten Morgen nicht und auch nicht in den Tagen danach.

Nach zwei Wochen endlich kam sie zurück. Verändert, wie es Arne schien. Seltsam aufgekratzt. Und suchte ihr schlechtes Gewissen hinter aufgesetzter Heiterkeit zu verbergen. Sie erzählte ihm alles: dass sie sich wieder getroffen hätten. An der Vernissage in der Galerie. Noch immer schwer verliebt. Beide. Das sofort gespürt hätten. Ein einziger Blick. Und nun endlich frei waren. Innen und aussen, und sich somit nicht mehr dagegen wehren mussten. Und es nach all den Irrwegen nun zusammen versuchen wollten.
Arne wünschte ihnen viel Glück. Und alles Gute. Eine nichtssagende, abgedroschene Floskel natürlich. Die

sich so gehörte. Aber irgendwie auch der Wahrheit entsprach. Denn er neidete ihr das Glück mit dem Andern nicht, nur weil er sie selber nicht haben konnte. Na ja, beinahe nicht. Es war schon etwas bitter, ausgerechnet dieser grossspurige Politiker. Ein Dritter hätte Arne besser gepasst. Bestimmt. Ziemlich sicher. Vielleicht. Auch besser zu ihr gepasst. Dessen war sich Arne sicher. Weiss der Geier, was für einer. Irgendeiner halt. Nur nicht ausgerechnet dieser blasse, bluffende Käseschweizer. Aus Arnes Sicht. Die natürlich nie und nimmer objektiv war. Sondern getrübt. Durch die Linse der Eifersucht.

Was sie wiederum spürte. Obwohl seine Worte doch freundlich gewählt. Und sie deshalb das Gespräch abbrechen liess. Vorzeitig. Und selber aufbrach. Die halbe Tasse Tee unberührt. Und nach dem Vierbeiner rief. Der stehen blieb. Bocksteif. Keinen Wank machte. Neben Chef Arne. Im Gegenteil so tat, als habe er noch nie mit dieser Frau zu tun gehabt. Die Kötermiene dabei gänzlich unbeteiligt gen Himmel gerichtet. Dieses streunende Schlitzohr.

Brachte beide zum Lachen. Und hatte die Situation somit fachgerecht entschärft.

Der Vierbeiner gab fortan das Vagabundieren auf und wurde zu Arnes Schatten und Leibwächter. Arne war dies anfänglich unangenehm. Hatte er doch bis dahin gut und gerne allein gelebt. Und nun plötzlich all die Aufmerksamkeit und Zweisamkeit. Vierundzwanzig Stunden am Tag. Zudem hatte er stets an eine Frau gedacht, wenn er sich nach Gemeinsamkeit gesehnt hatte.

Und nicht unbedingt an ein Tier. Welches meistens schlecht roch. Immerhin war der Hund nicht schwatzhaft und störte somit nicht Arnes Stille. Das zumindest sprach für ihn.

Mit der Zeit begann Arne die Begleitung des Tieres gar zu schätzen. Wollte ihm einen Namen geben. Überlegte lange. Nannte ihn schliesslich Wolf. Der Hund akzeptierte ohne Aufsehen. Das gefiel Arne. Überhaupt mochte er sein ruhiges Naturell, das seinem eignen ähnlich. Wolf machte keinen Aufstand, er bellte nie. Wenn sich ein Fremder oder ein wildes Tier der Hütte näherte. Sein scharfes Knurren und seine rosa Lefzen trieben alle in die Flucht.

Bei Agnetha allerdings knurrte er nicht. Sie war mit dem Anzug gekommen, den Arne vor einem halben Jahr bei ihr bestellt hatte. Und vergessen. Weil die Hochzeit seiner jüngsten Tochter wegen eines Seitensprungs des Bräutigams abgesagt. Und Arne somit keine Verwendung mehr dafür hatte. Und nie mehr einen Gedanken an das unbequeme Kleidungsstück verschwendet.

Arne bezahlte den Anzug bar. Drückte Agneta ein paar Scheine extra in die Hand. Die Sache war ihm unangenehm, normalerweise vergass er keine Verpflichtungen. Sie meinte, er hätte Mut, so viel Geld da draussen in der Wildnis zu horten. Ohne Safe und ohne Alarmanlage. Arne lachte und zeigte auf Wolf. Der sich zu Agnetha legte, lammfromm grunzte und einschlief. Und Agnetha gab ihm Recht, bei so einem Ungeheuer traue sich bestimmt niemand in seine Nähe.

Agnetha aber traute sich. Und war von da an oft bei Arne. Obwohl er keine Anzüge mehr brauchte. Irgendwann blieb die Schneiderin auch über Nacht. Ohne dass Wolf seinen Platz im Bett aufgab. Was Agnetha akzeptierte, da das Bett gross. Und sie und Arne fest umschlungen schliefen. Und das Tier zu ihren Füssen.

So blieb Arne am Ende der Geschichte neben dem Hund auch eine Frau. Und einen Anzug, für den er bis auf Weiteres keine Verwendung hatte. Denn nur wegen der Schale nochmals selber zu heiraten, schien ihm etwas übertrieben. Agnetha dagegen sah das nicht so eng. Und hatte keine Eile. Zur Not würde sie den Anzug abändern, falls er in die Jahre kommen sollte. Und dann doch noch gebraucht würde. Was sicher der Fall war. Früher oder später.

Der alte Mann und der Hund. Eine schnurgerade Liebesgeschichte, ohne Um- und Irrweg. Bestehend aus nur einem einzigen Teil.

Der Amor, der bei Arne und Agnetha geschossen hatte, ist uns jedoch wohlbekannt.
Er handelte, an Erfahrung gewachsen und geläutert, behutsam und besonnen.
Liess sein Ego im Köcher.
Und band die Eitelkeit zurück.

Dies sei der Vollständigkeit halber zum Abschluss der Geschichte noch erwähnt.

# Epilog

So, jetzt ist es aber gut:
Jetzt darf die Autorin der Geschichte reinen Gewissens
ein ENDE setzen.
Sich mit vier Buchstaben geschickt verabschieden.
Und sich affig in ihrem Schreibstuhl zurücklehnen.
Die Finger ineinander verschlingen.
Das Geschriebene selbstgefällig nochmals lesend.
Gut gelungen.
Und rechtzeitig beendet.
Redet sie sich ein.
Wohl wissend, dass sie sich drückt.
Weil erfolgreich vermieden, vom Hundskommunen zu
berichten.

Und somit in der Sicherheitszone bleibt: nämlich beim
Erzählen vom Suchen nach der Liebe. Und sich nicht
vorwagt bis zum Alltag. Das Theater lieber durch die
Hintertür verlässt, jetzt, da es um den Auftritt des Ba-
nalen ginge. Merkt jedoch schnell, dass sie kneift an diesem Punkt. Erkennt ihre Feigheit. Die sich rechtfertigt,
logischerweise: Das interessiert doch kein Schwein.
Und keinen Menschen sowieso. Jede Geschichte über
die Liebe hört dort auf, wo der Alltag anfängt. Ausser
aber, es ist ein Buch übers Scheitern. Aber dann ist es
ein Schicksalsroman. Und das wiederum ist eine andere Geschichte.

Also lass es gut sein, erdreiste dich nicht weiterzugehn! Auf das Brachland dahinter. Keiner macht das. Wieso also du? Schuster, bleib bei deinen Leisten! Überarbeite das Manus und schick es deinem Verlag. Bleib cool und köpfe den Prosecco. Der Fall ist abgeschlossen. Zumindest für dich.

So gesehen, ist die Autorin von der Feigheit objektiv beraten. Nahezu.

Wäre da nicht noch die Neugier. Welche der Schriftstellerin was komplett anderes empfiehlt: nämlich drauflos zu wandern, die Augen weit offen. Unverzagt aufzubrechen und zu entdecken. Was denn da allenfalls wachse auf dem weiten Feld der gelebten Beziehung, und was eben nicht. Und sich zusammen mit den beiden Unerschrockenen ins profane Leben zu stürzen.

Für gewöhnlich ist die Autorin ein Hasenfuss. Aber eben nicht nur. Sie ist auch neugierig. Ab und zu. Richtiggehend vorwitzig kann sie sein. Je nachdem, was ansteht.

Hat zudem ein mehr oder minder intakt funktionierendes Gewissen. Aufgrund dessen sie sich jetzt verpflichtet fühlt. Sich selber gegenüber. Und ihren Lesern: die zwei Liebenden noch ein Weilchen zu begleiten. Um sich, zusammen mit ihnen, dem Ungeheuer des Unspektakulären zu stellen.

Somit das Herz in beide Hände nimmt.
Und allen Mut zusammen.
Und sich aus der Komfortzone verabschiedet.

Sich auf ihrem Stuhl wieder aufrecht hinsetzt.
Beide Hände zurückgleiten lässt. Auf die Tastatur.

Und sich nochmals aufmacht in das Unterfangen Liebe.

# Nachtgedicht

*Dich bedecken*
*nicht mit Küssen*
*nur einfach*
*mit deiner Decke*
*(die dir von der Schulter*
*geglitten ist)*
*dass du*
*im Schlaf nicht frierst.*

Jahrzehntelang nach der grossen Liebe zu gieren ist eines.
Sich tatsächlich zu verlieben, und das in meinem Alter, etwas anderes.
Diese Liebe aber zu leben, eines schönen und unglaublichen Tages, das ist die wahre Herausforderung.

Und was mache ich jetzt mit ihm? Dachte ich, wie ich die Türe zu meiner Hütte aufschloss, die ab sofort die unsere sein würde. Und er verloren in der Stube stand. Mit hängenden Schultern und suchendem Blick.

Wir waren gemeinsam zurückgereist. Natürlich hatte er seine Einzimmerwohnung in der Schweiz behalten. Aber er hatte drei Koffer mitgebracht. Drei gut gefüllte Koffer sind verpflichtend. Da hat viel Platz drin. Plunder für ein halbes Leben. Ein ganzes Leben sogar, wenn man sich zu beschränken weiss.

«Fühl dich wie zu Hause!»
«Ich bin hier zu Hause!»

Hatte, wie immer, das letzte Wort.
Sein Hang zur Besserwisserei.
Störte mich jetzt schon.
Ging mir bereits ziemlich auf den Wecker.
Am allerersten Tag unseres Zusammenlebens.

Wird man sich schon dran gewöhnen.
Mit der Zeit.
Wächst rein.
Sagen zumindest alle.
Oder man wird unempfindlich dagegen.
Am besten also ignorieren.
Nicht an sich ranlassen.
Keinen Aufstand machen.
Haltung bewahren.
Jetzt.

Ahhhhh...
Geht nicht.
Halt ich nicht aus!

Hätte früher überlegen sollen.
Früher jedoch nicht wissen können.
Jetzt damit konfrontiert sein.
Himmel, Arsch und Zwirn.
Auf einmal alles so beängstigend nah.
Und ich mächtig beansprucht.
Mit all den Kinkerlitzchen.
Wenn man gerne grossflächig malt. Dann ist der Klein-

kram der Tupfenmalerei befremdlich und beschwerlich. Aber nun war er hier. Stand da vor mir in voller Grösse. Und ich hatte ihn gewollt, mit all meiner Kraft. Wollte ihn noch immer. Hatte lange genug Zeit gehabt, mir dessen sicher zu werden. Und so blieb mir wohl der übel nichts anderes übrig, als die Sache anzugehn.

Als Erstes räumte ich eine Schrankseite leer. Liess ihn sich breitmachen. Mit dem Inhalt seiner Koffer. Unglaublich, was er alles ausräumte: eine Yoga-Matte. Frischs gesammelte Werke. Und einen Bärenmelder. Wir lachten uns krumm. Und liebten uns zum ersten Mal auf unserm gemeinsamen Bett. Er wollte unbedingt seine Olivenbäume nachsenden lassen. Um in Zukunft unter ihnen mit mir zu schlafen. Er sehne sich schon so lange danach, und habe diese Szene schon so oft taggeträumt. Das wolle er nun endlich wahrmachen. Ich bot ihm an, ein neues Bild zu malen. Mit frischen, jungen Bäumchen. Verlockend nach Terpentin riechend. Aber er schlug mein Angebot aus und bestand auf dem Original.

Danach ging er zu Arne. Lieh sich dessen Kahn aus. Fuhr tatsächlich raus. Sah ihn lange unbeweglich hocken im Boot. Und kam mit leeren Händen zurück, nach vielen Stunden. Brieten deshalb Spiegeleier vom Bauern Svensson. Die er selber holen gegangen war, weil er Hunger hatte. Und ich keine Anstalten machte, mit dem Malen aufzuhören, um etwas Essbares zu organisieren. Im Gegenteil, mich zu verstecken suchte hinter der Staffelei, mich fest in die neu wachsenden Haine versenkend.

Und er sich gleich beim Svensson informiert hatte, was sonst noch alles zu haben war. Mit dem Alten am fleckigen Küchentisch sitzend und selbst gebrauten Schnaps trinkend. Schinken, Speck und Zwetschgen. Breitete seine Beute aus. Man würde zur Not auch ohne Fische überleben hier am See. Befand er triumphierend und mit einer Fahne. Und ich fragte ihn, wie er sich mit Svensson verständigt hatte? Der kein Wort Englisch sprach. Und er lachte und zog einen Sprachführer aus der Jackentasche. Bluffte, den habe er allerdings überhaupt nicht gebraucht, weil des Schwedischen bereits so gut wie mächtig. Vor allem nach fünf Gläsern Schnaps.

Am Abend heizte er den Kamin ein. War eine Freude, ihn anzusehen, ihm zuzusehen. Feuer machen konnte er. Hatte er noch von seinem Vater gelernt, im Wald. Wenn gerastet wurde, auf den für Kindesbeinen viel zu langen Wanderungen. Brennholz gesucht und die Technik vom Vater dem Sohne erklärt. Eine todernste Angelegenheit. Verinnerlicht bis heute. Und lieb gewonnen, da dem Vater in diesen Momenten sehr nah.

Tranken Tee, weil ihm der Schnaps vom Nachmittag zusetzte. Ein Satansbraten, dieser Svensson. Küssten uns, sahen satt in die Flammen. Nannte ihn meinen wilden Mann. Gab ihm tatsächlich einen Kosenamen. Und dachte, meine Güte, jetzt ists passiert, und fühlte mich dabei wohltuend zweisam.

Bis zum nächsten Morgen. Wie sein Schnarchen mich weckte. Und er noch immer beängstigend anwesend. Im grellen Tageslicht. Gnadenlos ausgeleuchtet. Und keine Anstalten machte aufzustehen. Ich somit aus dem gemeinsamen Laken flüchtete. Und mich hinter die Leinwand verzog.

Mit einer Kanne Kaffee zur Beruhigung. Keine beieinanderstehenden Bäume malen wollte. Lust auf Wüste hatte. Sie umsetzte. In grellem Gelb. Mit heissen, wütenden Strichen.

Würde das von jetzt an immer so sein?
Tag für Tag neben einem unrasierten Gesicht aufwachen?
Sich am Abend zuvor darüber freuen.
Und am Morgen danach von Zweifeln befallen?
Ja, würde so sein, oh Jammer und Elend!

Stunden später schlurfte er müde vor die Staffelei. Tat kund, dass er Hunger habe. Aber ausser Zwetschgen nichts mehr im Haus.

Und niemand eingekauft hatte.
Keiner die Wohnung geputzt.
Die Wäsche schmutzig im Korb und daneben.
Und er ungeduscht und schmuddelig inmitten der Szene.

Da war ich mit seiner Anwesenheit endgültig überfordert. Und hatten den ersten anständigen Streit. Total trivial: Wie konnte er annehmen, dass ich das alles für uns beide erledigte? Und die ganze Arbeit auch für ihn machte?

Selbstverständlich und automatisch.
Wo ich doch malte.

Und mich schwertat mit seinem Dasein, tagein, tagaus. Was ich selbstverständlich nicht laut sagte. Ihm stattdessen vorwarf, dass er vor lauter Faulheit den Hintern nicht hochkriege. Und nichts tue. Ausser sich zusammen mit dem alten Svensson zu betrinken.

Und ihn fragte, ob ihm in seiner Einzimmerwohnung die gebratenen Tauben dreimal täglich in den Mund geflogen seien? Und die dreckige Wäsche sich von selbst gewaschen sowie die Wohnung von Zauberhand geputzt?

Und ich bin nicht deine Mutter.
Und nicht deine Ex.
Und in diesem speziellen Fall noch nicht mal der Depp vom Dienst.

Und kotzte ihm die ganze Wut vor die nackten Füsse. Und dabei steckten seine Beine noch schlaftrunken im Pyjama.

Schlechtes Timing.
Falsche Wortwahl.
Zu üppig die Emotionen.
Erlebte ihn zum ersten Mal in Rage:
eiskalt und sachlich.
Solle mich erst beruhigen.
Und überhaupt.
Gut zu wissen, dass er sich eine Hysterikerin angelacht.
Drehte sich ab und um und verschwand.

Stieg zusammen mit seinem Pyjama in Arnes Kahn und ruderte raus. Weit hinaus. Ein kleines Pünktchen nur für Stunden. Während ich zu meiner Wüste zurückkehrte. Die Sonne auf der Leinwand sengend heiss. Unwirtlich die Lage. So eine Misere. Wie will man sich denn da jetzt aus dem Weg gehen? Wenn man bereits am Ende der Welt lebt? Und nirgendwohin weglaufen kann. Und die Hütte so klein, dass man noch nicht mal ein eigenes Zimmer hat.

Gar nicht aus dem Weg gehen.
Bleiben.
Ihn wegschicken.
Ist die elegante Lösung.
Weil er stört.
Und mich aus dem Gleichgewicht bringt.
So sehr, dass ich Wüsten male.
Anstelle von adretten Bäumchen.
Abartig ist das.

Seh ihn seine sieben Sachen zusammenpacken.
Koffer packen.
Weggehn.
Von mir fort gehn.
Nein...
Stopp! Halt! Aus!
Will ihn nicht,
auf keinen Fall
erneut vermissen.

Besser eine Lösung finden.
Zähneknirschend.
Weiter streiten.
Gefordert sein.
Und überfordert.

Sich trotzdem auseinandersetzen.
Mit ihm.
Mit mir.
Mit uns.

Auch wenn man nicht weiss, wie. Weil mans nicht gelernt hat. Bis anhin. Nicht lernen wollte. Und jetzt alles anders. Und den Fussmarsch ins Dorf unter die Füsse nahm. Unterwegs Arne und Agnetha über den Zaun hinweg alles erzählte. Regelrecht den Kropf in ihren beschaulichen Garten leerte. Und diese milde lächelten, und beruhigend versicherten, das sei alles ganz normal. Gehöre dazu. Wenn man den Alltag erst teile.

Kaufte deshalb vom guten Fleisch, anschliessend im Dorf. Und italienischen Wein dazu. Und ein ausgiebiges Frühstück für den Tag danach. Deckte den Tisch. Freute mich, als das Pünktchen im See näher kam. Grösser wurde. Er sichtbar wurde. Auf unsere Hütte zukam.

Es tut mir leid!
Nein, mir tuts leid!
Ich liebe dich!

In seine Arme sank und keine Zeit mehr bis ins Bett zu kommen für den versöhnenden Beischlaf. Sondern uns gleich unter der heissen Sonne der wütenden Wüste geliebt. Und anschliessend darüber gelacht. Und in Ruhe aufgelistet. Was einem wichtig. Und geduldig einander zugehört. Was einem am Herzen und im Bauch.

Und gestaunt über uns, und wie unbeholfen wir waren.

So ganz am Anfang, in der Mitte des Lebens. Und danach gemeinsam gekocht. Und gespürt, so darf es sein. Heute. Und morgen. Und so wies ausschaut, übermorgen auch.

*Später*
*wenn du*
*erwacht bist*
*das Fenster zumachen*
*und dich umarmen*
*und dich bedecken*
*mit Küssen*
*und dich*
*entdecken*

# Wie du solltest geküsset sein

*Wenn ich dich küsse*
*ist es nicht nur dein Mund*
*nicht nur dein Nabel*
*nicht nur dein Schoss*
*den ich küsse*
*Ich küsse auch deine Fragen*
*und deine Wünsche*
*ich küsse dein Nachdenken*
*deine Zweifel*
*und deinen Mut.*

Da stand ich also mit meinem Gepäck. In ihrer Hütte. In der sie Herrscherin über alles: Tisch und Bett und der verwitterten, windschiefen Wände drum herum. Und nun also auch von mir. Seltsam, nach den langen Jahren in meinem eigenen Haus. Meinem Schloss. Und den Monaten im gemieteten Zimmer. Meinem Freiheitsnest. Jetzt zu zweit und in ihrem Territorium. Mitten in dieser Einöde. Hielt mich an meinen Habseligkeiten fest. Setzte mich auf die Yoga-Matte. Ich würde eine Beschäftigung finden müssen. Sie hatte ihre Malerei und mich. Und ich hatte sie und was? Ich konnte unmöglich den ganzen Tag Däumchen drehen und meditieren. Ich brauchte eine Aufgabe. Soviel war klar.

Fische fangen schien mir immerhin ein geeigneter Anfang. Arne war eigentlich ganz in Ordnung, so als
Mensch. Jetzt, da die Frauen gerecht verteilt, und mir
die zugesprochen, die ich begehrte. Agnetha und Arne,
das passte. Fanden alle vier und ich war meinen ärgsten
Rivalen los. Der mir an diesem Tag bereitwillig sein
Boot lieh. Ein Friedensangebot, das ich gerne annahm.
Das Wasser war klar und ruhig. Kein Mensch auf dem
See, und ich war Poseidon dieses makellosen Gewässers
und Faunus aller Ländereien drum herum. Leider war
dem Meeresgott kein Anglerglück beschieden. Liess
mich vom Hunger irgendwann heimtreiben. Fand sie
vor der Staffelei sitzend. Wo denn sonst. Abwesend und
abweisend. Suchte ihre Nähe, wollte mit ihr schlafen.
Blieb unerhört, und machte mich auf zum Bauern
Svensson. Dem ich ein Huhn abfeilschen wollte. Und
ein paar Eier dazu. Ein Tipp unter Männern, im Dop-
pel gabs der Bauer billiger, auch dies ein Friedenszei-
chen von Arne.

Es war Mittagszeit vorüber und der alte Mann war gerade fertig mit Essen. Er holte den selbst Gebrannten aus
dem Schrank und machte Kaffee. Wir tranken den
Schnaps aus dünnen Gläschen nebenher, und da sie
dauernd leer waren, musste Svensson laufend nach-
schenken. Natürlich wollte er mir mit seiner Trinkfes-
tigkeit imponieren, und ich ihm mit meiner. Wir
sprachen kein Wort miteinander, versuchten es noch
nicht mal. Unterhielten uns stattdessen mit Mimik und
Gestik. Nach einer Stunde war die halbe Flasche leer,
und mein Rucksack voll. Hühner gab es heute keine im
Angebot. Dafür Eier, Koteletts vom Schwein und

Zwetschgen. Von zehn Fingern auf sieben heruntergehandelt. Was mich mit Stolz erfüllte. Ich war stark und erfolgreich, auch in der Wildnis. Hatte ich doch eben den ersten Bären erlegt und war dabei unverletzt geblieben. Vom Brummschädel mal abgesehen.

War richtig gut drauf, wie ich zur Hütte zurückkam. Machte Feuer im Kamin. Auch das ging mir glatt von der Hand. Sie nannte mich ihren wilden Mann. Das hörte sich gut an und ich war ein Held: ungezähmt und kraftvoll und vollends im Augenblick angekommen. Bei ihr und bei mir und ein wenig gar schon in dieser schwedischen Einöde.

Ich schlief so fest, wie seit Jahren nicht mehr. Erwachte am späten Morgen. War hungrig, wie nur ein wilder Krieger hungrig sein kann. Und wurde wütend, wie ich in der Küche nichts als Zwetschgen und Kaffee-geruch vorfand. Sie war am Malen. Schon wieder oder immer noch. Und fragte sie mit dickem Hals nach Brot und Käse. Oder denn halt einem Müesli.

Lief geradewegs in ein Beben.
Der Stärke sieben.
Von Beschuldigungen.
Aus dem Nichts.

Nein danke, das muss ich nicht haben.
Dachte ich. Und sagte laut: besser jetzt gleich. Wissen, dass sie zur Hysterie neige. Meine malende Muse. Das passe ins Bild der Künstlerin. Aber ganz und gar nicht zu mir.

Ging zum Boot und fuhr raus. Setz die Segel nicht, wenn der Wind das Meer aufwühlt. Für etwas hatte ich schliesslich Yoga gelernt. Liess die ganze Wut über mich hineinbrechen. Auf ihr überbordendes Temperament. Und ihren Narzissmus. Immer zuerst an ihre Malerei denkend. Als wär diese heilig. Heiliger zumindest als Einkaufen und Essen. Und als das Wohlbefinden meiner Wenigkeit. Heiliger und wichtiger als ich.

Fing bald an laut zu lachen auf dem stillen Wasser. Über den Sturm meiner eigenen Egozentrik. Was hatte ich erwartet? Zarte Romantik von morgens bis abends für die gesamte zweite Hälfte meiner Lebensjahre? Und welche schwärmerischen Bilder, um Himmels Willen, hatte ich im Kopf? Eine lieb dienende Geisha. Herrgott. Sie war eine Frau mit Profil und ich ein Mann mit Ecken und Kanten. Natürlich versuchten es beide: ihr Territorium abzustecken. Und natürlich musste es dabei knacken, krachen und knallen.

Liess mich entspannt ins Boot zurückfallen. Und mich von sanften Wellen schaukeln. Schlief ein und träumte mich durch den Nachmittag. Ruderte ihr nach dem Aufwachen wieder freudig entgegen.

Wollte mich entschuldigen.
Sie war schneller.
Tat es ihr gleich: Es tut mir leid!
Und noch was:
Ich liebe dich!

Der Sex folgte sozusagen auf dem Fuss und am Fusse ihrer Staffelei. War heiss und erschöpfend, unter der glühenden Sonne ihrer frisch gemalten Sahara.

Danach redeten wir.
Miteinander.
Nicht aneinander vorbei.
Bis zum nächsten Mal.
Zum nächsten Streit.

Ich würde bleiben. Mir als Erstes morgen früh ein eigenes Boot kaufen. Und in nächster Zeit mit Arne rausfahren. Bestimmt konnte er mich einiges lehren über die dämliche Fischerei. Und ich ihm im Gegenzug über Frisch. Und allenfalls auch über Frauen. Bestimmt war ich diesbezüglich erfahrener als er. Zweifellos. Und hatte somit meine Aufgabe gefunden. Und einen Freund noch dazu.

*Deine Liebe zu mir*
*und deine Freiheit von mir*
*deinen Fuss*
*der hergekommen ist*
*und der wieder fortgeht*
*ich küsse dich*
*wie du bist*
*und wie du sein wirst*
*morgen und später*
*und wenn meine Zeit vorbei ist.*

# Das Wort zum Schluss

So, nun sind Feigheit und Neugier miteinander versöhnt und selbst die Autorin in aufgeräumter Stimmung. Nach dem ersten, erfolgreich gemeisterten Zwist ihrer Protagonisten. Konnte sich davon überzeugen, dass es funktioniert: wenn sich die Liebenden toll finden in einem Moment, und sich auf den Senkel gehen im nächsten. Sich streiten und sich versöhnen. Und neu beginnen. Immer wieder.

Nicht bloss eine geträumte Liebe am See. Sondern eine, die sich traut, gelebt zu werden. Auch wenns poltert und scheppert. Weil die Liebenden Ängste haben und unterschiedliche Bedürfnisse. Und manchmal schrecklich ungeschickt sind im Umgang miteinander. Sich trotzdem wieder vorwagen. In winzigen, mutigen Gehversuchen.

Sich folglich füreinander entscheiden dürfen. So sie dies wollen. Sich auch in Zukunft füreinander entscheiden werden. Ziemlich sicher. Bei der Ladung an Liebe, die der Engel gestreut hatte. Wird es wohl weiter in diese gemeinsame Richtung gehn. Und somit macht, rückblickend betrachtet, gar dieser dreiste Schabernack Sinn.

Das ist erfreulich und erfüllend, und man kann Mann und Frau zudem getrost sich selber überlassen.

An diesem Punkt.
Und die Autorin darf reinen Herzens ebenfalls ihren ganz persönlichen Tüpfel setzen.
Ausatmen.
Einatmen.
Innehalten, einen Moment.
Sich ausruhen. Nach bestandener Mutprobe.

Und sich danach andern Geschichten zuwenden.
Zuversichtlich neue Wagnisse eingehen.
Und sich hier frohgemut verabschieden.

ENDE

# Die Autorin

Corinne Maiocchi, in ihren Blogs auch die Flussfrau genannt, lebt und arbeitet an der Birs in Birsfelden BL. Die Protagonisten ihrer Bücher begleitet sie einfühlsam durch die Irrungen und Wirrungen zwischenmenschlicher Beziehungen. Dabei stehen stets Ängste und Nöte, aber auch Hoffnungen und Sehnsüchte des ganz profanen Menschseins im Vordergrund.

Die Autorin liebt ihre beiden Wassermänner, Musik von Mark Knopfler und das Leben im Allgemeinen.

Von Corinne Maiocchi sind bis anhin erschienen:
- Schwerelose Tage oder Alessandro und ein viel zu kurzes Leben
- Chemo, Holzbein und sonst viel Leben
- Unser Löwe aus Ugudada
- fand Anna, eine Geschichte aus der schönen neuen facebook-Welt

www.corinnemaiocchi.ch